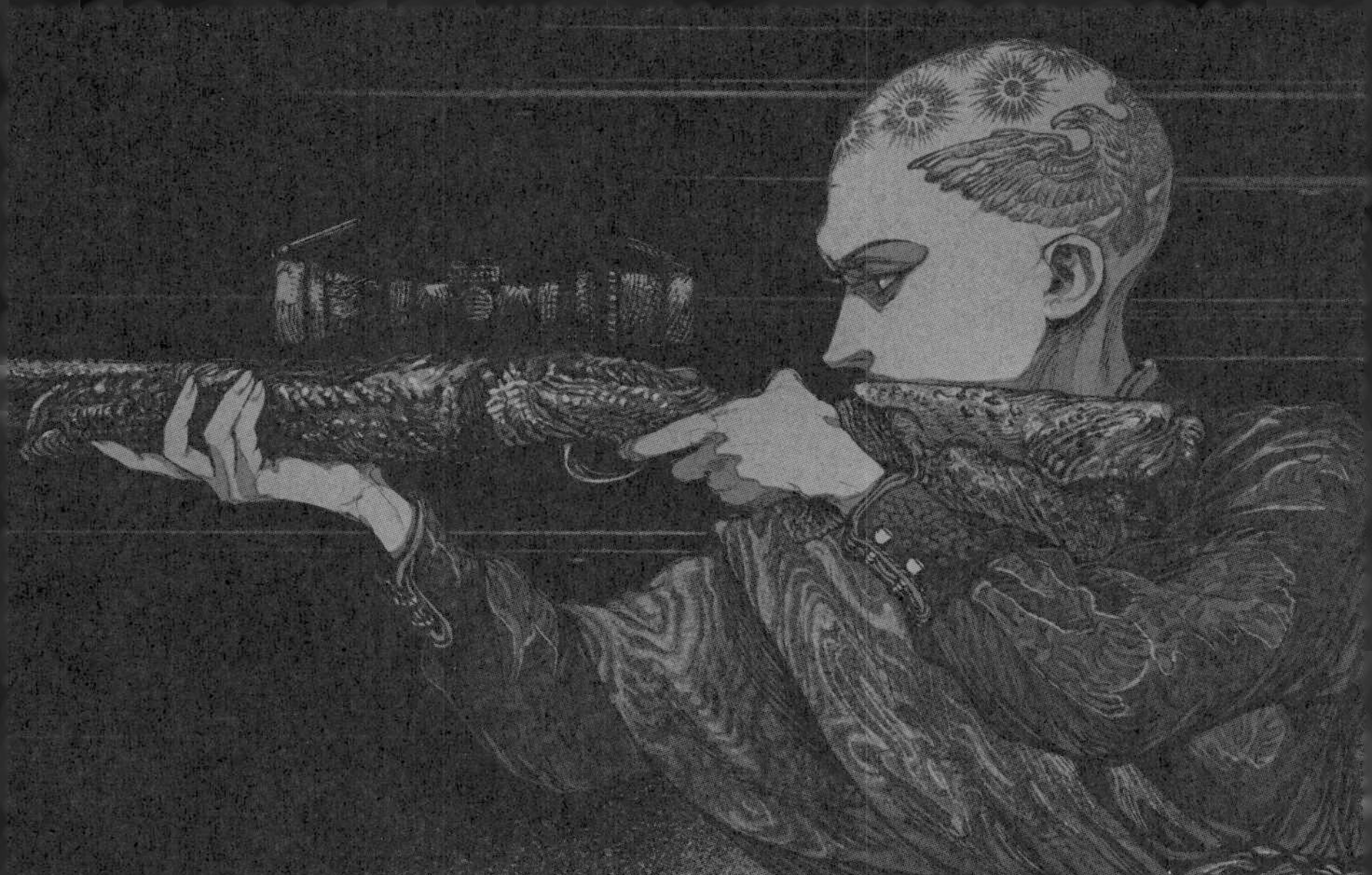

ホライズン・ゲート
事象の狩人

矢野アロウ

Horizon Gate
Phenomenon Hunter

Arrow Yano

早川書房

ホライズン・ゲート　事象の狩人

装画：たけもとあかる
装幀：坂野公一（welle design）

登場人物

シンイー・レイ……………狩りの名家に生まれ、自意識から分断された右脳に祖神ゲーイーを宿す射手《アーチャー》。ホライズン・スケープの狙撃手。

イオ……………………………左右ではなく前後に分かれた脳を持ち、過去・現在・未来を見通すパメラ人の少年。シンイーとコンビを組む。

トリッシュ・アークライト……シンイーをホライズン・スケープに連れてきた宇宙連邦のリクルーター。アークライト一族の末裔《まつえい》。

アルビス・ケレンスキー……ホライズン・スケープの狙撃手。ケレンスキー一族の末裔。

レイナス…………………………かつてアルビスとコンビを組んでいたパメラ人の少女。

ミス・トード……………………シンイーの情報端末《タブレット》とトード号に搭載されたＡＩ。

1

砂漠に上る太陽の匂いを覚えている。

夜が染み込んだ紫色の砂丘を朝日がなでると、露に濡れた石英質の砂は橙《だいだい》色に輝き始め、石のエッセンス《ペトリコール》が仄《ほの》かに匂い立つ。

どこか懐かしく、温かい匂いだけれど、そのほとんどは砂に含まれる細菌や微生物が、生き物を分解したときに作り出す匂いに起因している。——つまりは、死の匂いだ。

死を懐かしく感じるなんて何の冗談かと思うけど、いよいよ自分の命が尽きるとき、まごつかないためと思えば納得もできる。

実際、銃弾を受けて死にかけている動物は、奇妙に落ち着いて見えるときがある。あれは彼らが普段から、夜が朝に変わるときの匂いを嗅ぎ慣れているからなのかもしれない。自分に訪れた終わりのときを、何かが始まる夜明けと信じているから、あれほどまでに落ち着いていられるのかも。

すべてはいまから半世紀以上も前、惑星カントアイネにある私の故郷、ヒルギスの空を見上げた瞬間から始まった。

あの日も夜空は、悲しいほど満天の星に彩られていた。数多《あまた》の光が輝いていたけれど、私の存在を知っている星は一つもなかった。

孤独な景色だった。おまけに、狩りに失敗した疲弊が、夜寒の空気と一緒に深々《しんしん》と両肩に降り積もっていく。

ただ、足を止めるわけにはいかなかった。幼く、まだ体の小さい私が、零度近くまで気温が下がった砂漠の夜に歩みを止めてしまえばどうなるか、祖父《じい》さまに口酸っぱく言われていなくても、身を切るような冷気で直感的にわかる。せめてスナジカの一頭でも仕留めていれば、体を割いて内臓を抜き取り、その中で寒さをしのぐことができたのだけれど。

結局、私は夜通しヒルギスの暗い紫色の砂の上を歩き続ける羽目になった。めったにないことだ。私は祖父さまと父さまの血筋を引くレイ家の娘、射手《アーチャー》としての腕前には相当な自信を持っていた。でも、その日はまるで私が狙っていることを誰かが知らせてるみたいに、スナジカや野良のウサギの類でさえ、引き金に指を置いただけで、こちらの気配を察して逃げてしまうのだった。

祖父さまの苦虫を嚙み潰したような顔がまぶたに浮かび、足取りが重くなる。いっそこのまま砂漠を歩き続けてアラウーシ山を越え、常世《とこよ》の国につながるという海まで行ってみたいと思った。そこまで行けば、また父さまや母さまに会えたりするのだろうか。魂が光となって静かに漂う、海という不思議な場所。私はまだ一度もそれを目にしたことがなかった。

かじかむ小さな手をこすり合わせながら、私はようやく集落が見える砂丘の頂《いただき》にたどり着いた。

深い藍色だった夜空は暁の薄紫色に染まり、夜の砂漠の道しるべになってくれた星々は、その姿を隠そうとしていた。

ふいに何かに呼び止められたような気がして振り向くと、アラウーシの山並みから、朱色の太陽が顔を出したところだった。曙光《しょこう》に照らされた砂の光が足下から立ち昇り、私は眩しくて思わず目をつむった。そして、あの匂いを嗅いだのだ。どこか懐かしい、思い出の場所から立ち昇ってくるような、太陽の匂いを。

朝日に照らされた左腕が、肩の辺りからジンジンと熱を帯び始める。

ひさしを作った指の隙間から、砂漠が燃え上がるのが見えた。夜の紫が朝の金色に燃え立つ瞬間——この光景を、一生忘れないだろうと私は思った。

砂丘を下り始めるとすぐ、集落の様子がいつもと違っていることに気づいた。普段なら狩った獲物の品評会さながら、年かさの悪ガキたちが広場に出て、あれやこれやとまだ小さい私をからかったものだけど、この日は違った。太陽はもう顔を出しているというのに、集落はまだ寝静まっているみたいに、一つも物音を立てない。息を潜めているかのような沈黙が、重く吹き溜まりになっている。

集落の入口に近くなると、その原因らしきものが見えてきた。集会所がある広場に、見慣れないオートライドが二台停車していたのだ。黒いボディに赤い星のマーク——カントアイネ国際連合軍の軍事車両だ。

私が車の横を通りかかると、運転席のヘルメットを被った男は一瞬驚いたような表情を浮かべ、それからにっこり、私に微笑みかけた。

ヒルギスを訪れるというのに、何の警告も受けなかったのだろうか。男は両手をハンドルに置いたままで、隙だらけだった。これなら幼い私でも、二秒もあれば頭に三発撃ち込める。

広場を過ぎて小屋に戻ると、戸口の前に見知らぬ男が立っていた。黒ずくめの服を着ているけど、星のマークはどこにもない。奇妙な六角形の帽子を被っていて、私を見ても両手をポケットから出そうとしなかった。私は腰に結わえたガンカバーに手を掛けた。

そのとき戸口が開いて、祖父さまが姿を現した。ヒルギスに伝わる草色と橙色に染められた葬礼服に身を包み、神事に使うバンダナを額に巻いている。

祖父さまは黒ずくめの男を指して、海の向こうから来た人間だと言った。それから、「シンィー、大物を狩りたいか？」と私に尋ねた。

もちろん、私は頷いた。それで決まりだった。

その日は昼まで泥のように眠り、目が覚めると祖父さまが焼いてくれたスナジカの肉にかぶりついた。濃厚な脂が口の中にあふれ、干からびた私の体に、再び獲物を追うための力がみなぎっていく。

祖父さまは納戸から古い行李《こうり》を取ってくると、その中から一挺の銃を取り出した。父さまが使っていた長尺の銃だ。

ハッチョウヅメと呼ばれる巨大な甲殻類のツメから作られたその銃は、頑強でありながら中空で軽く、射程の長さもあって長征に用いられることが多い。祖父さまはオグロサイの尻尾で作ったブラシと羽毛で休眠中の垢をこすり落とすと、最後にヒルギスソウの油で全体を磨き上げ、それを私の背中に結わえてくれた。

ハッチョウヅメの銃身は引きずりそうに長く、私の背丈では前かがみにならないと歩けたものではなかったが、誇らしい気持ちで胸がいっぱいだった。ヒルギス人にとって旅立ちに与えられた銃は生涯のパートナーであり、おそらく、私の年齢でこれを与えられた人はいない。長征は普通、成人の儀式と同時に行われるからだ。

小屋を出ると、あの黒ずくめの男が表で私を待っていた。

「達者でな、シンイー」と祖父さまは言った。

私は獲物を仕留めたら、すぐ帰ると言った。祖父さまは柔らかな笑みを浮かべ、ゆっくり首を振った。祖父さまのそんな顔を見たのは初めてだった。

「旅が始まるのだ、愛しい子よ」

祖父さまの分厚い手が、私の頭を優しくなでる。固くひび割れた指先が一瞬、ためらいがちに私の頭の傷に触れたのは気のせいだったろうか。

祖父さまは、孫をよろしく頼むと言い残し、小屋に消えた。旅立つ狩人の背中を見てはならないのが、ヒルギスの習わしだった。

小屋に背を向け、一歩ずつ砂を踏みしめていくと、鼻の奥がツンと熱くなったけれど、見知らぬ男の物憂げな眼差しに反発するように、ぐっと胸を張った。

その途端、背負ったハッチョウヅメの銃口が砂に触れ、慌てて前かがみになった。それほど私は幼かったのだ。この旅路がどこへ向かうのかも、まるで想像できないほどに。

＊

「ミス・シンイー、コーヒーが入りました」

若い男の声に、微睡《まどろみ》から抜け出した。地平面《プラットフォーム》探査基地時間で午後三時。連邦標準時は知るよしもないけれど、百時間を超える時差は、もう若くない私には、けっこうこたえる。

「カフェイン多めでしたよね」

声の主は先週配属されたばかりの青年で、名前は確か、スグルといったか。

コーヒーの礼を言おうとして、ふと奇妙な感覚に陥《おちい》った。首を傾げてこちらを見る彼の幼い仕草に、すでに懐かしさを覚えたのだ。

怪訝《けげん》な表情を浮かべたスグルに、何でもないと首を振った。次に会うとき、この目の前の青年との関係がどのように変化するのか、興味深いことであると同時に、恐ろしさも感じる。

「そういえば、今週はトリッシュ大佐の没後五十周年の式典があるとか」

「私は出られないから、よろしくね」

「了解しました」

敬礼するスグルの肩を叩き、私はカップを置いて立ち上がった。背中でハッチョウヅメの銃が乾いた音を立てる。不意にトリッシュがヒルギスまで私を迎えに来た日のことを思い出した。銃身も銃床も、あのときのまま。でも、中身はごっそり入れ替わっている。まさか、星の獲物に普通の弾丸は通用しない。

私が初めて見た海は、故郷を離れる宇宙船から眺めた星の海だった。ヒルギスの砂漠を取り囲むように、淡く静かに輝いていた。

私たちのプラットフォーム、ホライズン・スケープ側から連絡橋を渡ると、遮蔽板《ディフレクター》の向こうに、耐重力探査船トード号の巨体が見えてくる。

喉元の丸くて巨大な燃料タンクが船名の由来だけれど、ヒキガエル《トード》に鳴嚢《めいのう》がないと責任者が知ったのは、すでに船体の登録を済ませた後のことだった。

耐重力探査船の常として、トード号もまた反物質エンジンを積んでいる。でも、タンクの中身はほとんどが、ただの水だ。噴出剤としても使われる正物質に比べ、持ち込む反物質はごくわずかでいいらしい。

減圧室《エアロック》に入り、酸素注入のルーティン。耐重力宇宙服《Gスーツ》を着用し、ボルトアクションを繰り返す。据銃《きょじゅう》から排莢《はいきょう》まで、この一連の動きが減圧準備《プリブリーズ》の役に立つ。十サイクルを四セット。それが終われば、立った状態から伏射姿勢への移行を丁寧に何度も繰り返す。

プリブリーズには、合計一時間以上かける。Gスーツの性能が上がったといっても、基本を怠《おこた》ると体から窒素が出ていってくれない。

私の場合、指先の感覚が狂わないよう、特にスーツ内の圧力を下げているから、少しでも手を抜くと、ハッチを開けた途端、減圧症を発症してしまうなんてことにもなりかねない。

とはいえ、幼いころから呼吸のように繰り返してきた動作だから、苦ではない。むしろ、仕事前のウォーミングアップとして、欠かせない一連の運動になっている。

でも、私の相棒、イオにとっては事情が違っているようだ。

イオは仕事の前にあくせく動くことを良しとしない。代わりに一晩かけて、船内でじっくりGスーツを体に馴染ませる。これから脳味噌を使わないといけないときに、筋肉に無駄な酸素を消費させるなど、愚の骨頂というわけだった。

ハッチをくぐり、銃座兼操縦席《ガンピット》のシートに、スーツの膝部分を固定してみる。若いころと違い、これがないと関節の軋《きし》みを止められない。

いずれ、トリガーに置いた指もかなわなくなると思うと、喪失感で胸にうろが空いたような気持ちになる。老いが怖いのではない。この時間から弾き出されるのが怖い。

モニターに、降下ユニットの点検を終えたイオが、祈りを捧げる姿が映し出されている。

「そろそろいい？」と尋ねると、「うん、いいよ」といつもどおりの返答があった。

ブリッジに合図を送ると、間髪を容れずカウントダウンが始まる。

なんともあっけない船出。出航も五回を超えると、見送りの姿はまばらだ。慣れなのか、それとも、ますます大きくなる時間のギャップが、私たちをすでに過去の人間にしてしまったのか。

トード号をホライズン・スケープから切り離すと、即座に反物質エンジンを吹かし、降下スピードが速くなりすぎないよう、らせん軌道を維持する。

ここから光子半径まで、急がば回れの慎重な運転が要求される。Gスーツを着用しているとはいえ、体感重力加速度が一〇Gを超えると、意識がブラックアウトしかねない。

「虹だよ、シンイー！」

　このときばかりはイオも屈託のない声を上げる。船窓が七色に輝いて見える。

　故郷の虹は、降雨を告げる祝福の象徴だった。でも、ここから見える虹は、時間に架かる虹だ。赤方偏移と青方偏移の狭間で、光は引き伸ばされ、七色に輝き始める。

「でゅだ、でゅだ、でゅーだっ。でゅだ、でゅだ、でゅーだっ」

　モニターがイオの歌声《スキャット》を拾い上げる。『ピンクロン・ノーマン一家の冒険』というドラマのオープニングソング。地上で派手にやらかしたノーマン一家が、地下世界に新天地を求めるべく、巨大ドリルを備えたモグラ型探査機で地中を掘り進むという、ナンセンスコメディだ。

　文字どおり、天と地ほどもいまとは状況が違っているけれど、この曲を自然と口ずさんでしまうイオの気持ちもよくわかる。ピンクロン・ノーマンと私たちの状況は、多くの意味でとてもよく似通っている。

2

惑星カントアイネからホライズン・スケープに連れてこられて、二十四時間の検疫が明けた、すぐ後のことだった。

「よう、トリッシュ。お前、いつからガキの使いになったんだ?」

後ろから追いついてきた男が、私の前を歩くトリッシュの肩に腕を回す。軽口に反して、私を見下ろす目は決して笑っていなかった。

「彼らがこの子を送り出したことに敬意を持て、アルビス。それはつまり、この船の誰より、この子がうまくやれるということだ」

「一生遊んで暮らせる金をもらえるなら、やつら、どんなガキだって喜んで差し出すだろ」

通路を歩きながらトリッシュは、「嘘だ」と私に囁《ささや》いた。「十分な報酬を用意したのは本当だが、君のお祖父さんは一銭も受け取ろうとしなかった」

通路を歩く幼い私には、物珍しげな人々の視線が、ずっとまとわりついていた。さしずめ未開の地から連れてこられた野蛮人といったところだろう。

もっとも、あのころの私なら、そう言われても仕方なかったかもしれない。検疫室を出てからというもの、私は目を白黒させっぱなしだった。ホライズン・スケープの中ときたら、見たこともないつるつるの素材や金属ばかりで、見慣れた木や動物の毛皮など、自然の素材でできたものなんて何一つなかったからだ。

滑らかな床に目を奪われながらトリッシュの後ろを歩いていくと、やがて通路はつきあたりで大きな通りにぶつかった。

角を曲がったときの光景は、いまでも鮮明に思い出すことができる。なだらかな弧を描く広い通路が、ずっと上のほうまで続いていた。まるで、水車の中に入ったみたいだった。あるいは、回し車の中のハツカネズミになった気分――とでも言ったほうが、あのときの私にはふさわしいだろうか。

そこはホライズン・スケープの外周を巡る大通りで、いわばプラットフォームの大地に当たる部分だった。反物質エンジンを利用した回転で遠心力を生み出し、人々は巨大な輪の内壁を地面に見立てて生活しているのだ。

でも、それはヒルギスから出てきたばかりの私には理解しがたい光景で、はるか遠くに見える、ほとんど壁面のようにそそり立った坂道を、どうして人間が転がり落ちずに歩けているのか、不思議で仕方がなかった。

混乱したままトリッシュの後を追い、彼に続いて頑丈な扉の向こうの部屋に入ると、嗅ぎ慣れた匂いがして、ようやく私は少し落ち着くことができた。

それは焼けた金属と火薬の匂いだった。部屋の奥には透明な壁で区切られたレーンが五つ並んでいて、故郷のものとはずいぶん違っていたけれど、射撃訓練の施設であることは一目でわかった。

部屋の入口に、ぞろぞろと大人たちが集まってきていた。アルビスと呼ばれた、さっきの男の姿も見える。

クモタカチョウの羽根で編んだ帽子を脱ぐと、彼らが息をのむのがわかった。もしかすると、それまでヒルギス人を見たことがなかったのかもしれない。それとも、見たことはあったけれど、こんな幼い少女までもと驚いたのか。

剃髪《ていはつ》した私の頭には、九つの太陽とクモタカチョウの刺青《タトゥー》が入っている。それに、後頭部から額の上にかけて赤黒く盛り上がった傷跡が、頭頂部を左右に分けているのが、彼らの場所からでも確認できたはずだ。

静まり返った人々を背に、私は武器ラックに近づいた。

トリッシュが用意していたのは、いかにも荒い銃で、威力はありそうに見えたけど、角張っていて落ち着きがない。試しに右腕一本で構えて五発撃つと、まるで手の中でレンガが暴れてるみたいだった。

モニターに映し出された人型の的には、着弾を示す五つの光点が輝いていた。すべて胸に当たってはいたものの、ばらつきがある。大人たちの張りつめた気が緩むのを感じた。

「いまのは、君が撃ったのか？」と、トリッシュが言った。

そんなふうに尋ねるということは、ヒルギス人のことを、いくらかは知っているということだった。

私が頷くと、「今度は、君の銃で撃ってくれないか」と言われた。結わえていたハッチョウヅメの銃をほどき、再び人型の的に正対する。

次の瞬間、何が起こったのか理解できた人間がいたとすれば、それは幸せな人だ。少なくとも、自分がどうやって死んだのかを知ることができる。

五つの銃声が静寂を切り裂き、気づけば、左腕で構えた銃の先から煙が立ち上っていた。まだ馴染んでいない銃床だったので、腋《わき》の下が少し痛んだ。

モニターに映った人型の心臓にたった一つの、それも明らかに一発の弾痕より大きな光点が映し出されると、再び大人たちが息をのむのがわかった。

それで私は、一目置かれることになった。少なくとも、射撃のあれこれについて、私に指図しようとする人はいなくなった。

射撃場の一件から数日たったころ、私はトリッシュに連れられて、ホライズン・スケープ最下層にある特別居住区に向かっていた。

プラットフォームの拡張がいまほど盛んに行われていなかったあの当時、特居区への道のりは、どの区画に向かうルートより、ことさら長く感じられたものだった。

耐重力製品製造業者《メーカー》が耐重力装備や機器の開発に血まなこになった結果、ホライズン・スケープは以前とは比較できないほど巨大化し、相対的に特居区への道のりは短く感じられるようになった。でもあのころは、まるで洞窟墓にでも潜っていくような陰鬱さだった。違う世界を歩いているような。

大人になっていろんな事情に明るくなると、実際に特居区が治外法権的な色合いを帯びた別世界だったと知った。ホライズン・スケープ自体は宇宙連邦に属しているけれど、特居区のみ自治政府の管轄になっていた。自治区画と言えば聞こえはいいが、要するに、連邦とは違う場所だという線引きだ。中央エレベーターを最下層で降りて、色合いの乏《とぼ》しい灰色の通路を下っていくと、冷たい光が漏れる部屋から、低い機械音が聞こえていた。当時は情報分析関連の研究棟《ラボ》も特居区に設置されていたのだ。

トリッシュはガラスの前に立つと、「護衛を頼みたいのは、あの子だ」と言った。

彼の視線の先には、当時の私とさして年齢の変わらない、十歳くらいの男の子の姿があった。ガラスに遮《さえぎ》られたブースの向こう、氷のように青白い照明の下で、大きな機械に取り付けられた、潜望鏡のようなものを覗き込んでいる。

「パメラ人？」

部屋が冷え冷えとして見えるのは、ライトの色のせいだけじゃなかった。男の子の銀髪のせいだ。

「そうだ。……なんだ、疑ってるのか？　なんなら、少し話してみるか？」

私たちがブースに入っていくと、その子は機械から顔を上げて私を見た。綺麗な顔をしていた。瞳は氷のようなブルーだ。

「この子はシンイー。君の新しい相棒だ」

トリッシュがそう言って私の肩に手を置くと、男の子は差し出しかけた手を止めて、首を傾げた。

「変だ……運命が二つ見える」

トリッシュが意味ありげに、私に目くばせした。だからといって、すぐ信じたわけではなかった。射撃場の一件はすっかり有名になっていたから、男の子が私の出自を知っていたとしても何の不思議もない。

「右利きだね。なのに、銃は左で撃つ」

これも同様。あの一件を知っていれば予測がつくこと。

「それに――」と彼は続けた。「お父さんもお母さんもいない。かわいそうに、亡くなったんだね。酷い戦争。君の目の前で――」

「もういい、イオ。そこまでだ」

私が震えていることに気づいたトリッシュが、慌てて話を遮る。

動揺が表情に透けて見えてしまったのだろうか。それをリアルタイムに察知して言葉にしていく能力？

いずれにしても、パメラの民は嫌われ者なのさ――と、のちにイオは言った。

占術や予知能力を信じない人にとって、パメラは真実を騙《かた》る詐欺師だし、信じる人にとっては、なおさら厄介な存在だ。過去や未来を言い当てられることは、心を覗き込まれるような不快感を伴う。

故郷を追われ、辺境の星々を転々とするしかなかった彼らが、結局安住の地を得られなかったのはそのせいだ。行く先々で疎《うと》まれ、恐れられ、自民族の象徴である美しい銀髪を別の色に染めても、新しい土地が彼らを受けいれてくれることはなかった。

すべての原因は、脳という器官による、この世界の捉え方の違いだった。

パメラ人の脳は進化の過程で情報処理能力に変化を起こし、過去や未来をひと続きの事象として認識できるようになったと言われている。彼らは現在を空間的に詳細に捉える能力を捨て、時間を追跡する能力を得たのだ。

もちろん、脳の構造も変化している。彼らの脳は左右ではなく、前後に分かれている。空間を立体的に捉えるのではなく、連続した時間の中の一枚の絵として捉える。過去から流れてくる粒子だけでなく、未来からこぼれた粒子の軌跡さえ認識する。

私たちヒルギスの民とは真逆の人種だった。パメラ人は時間の流れの中で自然に進化し、変化した。私たちは人為的に脳に手を加え、無理やり自己を変化させている。

どちらが正しいとか、間違っているという話じゃない。生き残るために、それぞれがそれぞれの変化を受けいれるしかなかったということだ。

その後、トリッシュが私たちを置いて部屋から出てしまうと、何となく気づまりな雰囲気になった。あのときの私が知っていた男の子というものは、口より先に拳《こぶし》を出す連中ばかりで、イオのように何かを考えながら話すタイプは見たことがなかったのだ。

潜望鏡のハンドルを握る彼の指は、土さえ触ったことがないみたいに華奢だった。

私の視線に気づくとイオはにっこりと微笑み――、そして言ったのだ。まるで明日の天気を呟くような調子で、「僕たち、たぶん一緒になると思う」――と。

その言葉は冗談みたいに、私をこの時空に縛りつけることになった。

後悔はない。でも、ときどき考えてしまう。トリッシュが村にやって来たあの日、猟がうまくいっていたらどうなっただろうと。

もしスナジカの一頭でも仕留められていたら、私はあの場所にいなかったはずだ。体長二メートル近いシカを幼い子どもが一日で運べたはずがなく、私は適当な木立か岩陰を見つけてビバークしていたに違いない。

トリッシュは別の誰かを連れて船に戻り、星の海は私にとって、砂漠の孤独な夜に見上げる慰め以上のものにはなり得なかっただろう。

そんな一生が幸せだったか、それはわからない。ヒルギスの夜空に散らばった星々の向こうに、どれだけ広大な世界があるのか、想像もしなかった時代にはもう二度と戻ることができないのだから……。


とにかく、こうして私とイオは引き合わせられた。彼を護衛し、命運を共にする相棒として。

でも、何から彼を守ればいいのかは、このとき、まだよくわかっていなかった。本当の意味でそれを知ったのは、たった二人で宇宙に放り込まれてからだ。

そう、私たちは文字どおり放り込まれた。かのピンクロン・ノーマンでさえ、泡を吹いて逃げ帰ってしまうほど巨大な穴ぼこ、その真ん中に。

3

出航から船内時間で三十八時間。トード号は、らせん軌道を亜光速で滑り下り続けている。

隣の座席では、歌い疲れたイオが寝息を立てている。Gスーツのバイザーから覗く、出会ったころと少しも変わらない首筋の細さに、微かな胸の痛みを覚える。

誰のための痛みなのか、自分でもよくわからない。か細い体で戦うイオを思ってのことか、彼に取り残されていく自分の身を憐れんでか……。

何度か目を瞬《しばたた》かせて、イオが意識を覚醒させた。まるで、いまはじめてGスーツを着ていることに気づいたみたいに、体を不自由に動かし、眉をひそめる。

「起きなさい、イオ」と声をかけて、私はガンピットから船室後部に移動した。数時間後の降下に備え、そろそろ栄養補給を始めなければならない。

船室の調理パネルからアタッチメントを外すときに、左腕が思わぬ動きをして取り落としてしまう。いまだにときどきあるのだ、こういうことが。

イオはもう慣れたものだから、何も言わずにただ待っている。ヘルメットのくぼみにアタッチメントを取り付けてあげると、バイザー内に突き出たストローから、耐重力仕様宇宙食《Gミール》が送り出される。カルシウムや鉄分、それに吸収促進用のビタミンC・D群を配合した、特別製の流動食だ。

「まずい」と、イオ。「シンイーは食べないの？」と言うので首を振ると、「僕が下に降りてる間に、何かいいもの食べようとしてるんじゃないだろうね」と半ば本気の恨み節だ。

「我慢しなさい。下でガス欠しないためなんだから」と言うと、ため息混じりに、「母親みたいな言い方だね」と笑われた。

一瞬で、空気が薄くなったみたいに息が苦しくなる。イオの何気ない一言に傷ついてしまう自分が嫌だ。

取り繕うように、トード号のOS「ミス・トード」が、ブンと小さく唸りながらモニターを明滅させた。

「間もなく光子半径に入ります」と、無機質な声。

光子半径——そこで円軌道方向に放たれた光は、重力の呪縛からついに逃げられなくなる。ダーク・エイジによる空間の歪みから抜け出せず、一周回って元の場所に戻ってきてしまうのだ。

つまり、光子半径で軌道に沿って前を向くと、自分の背中が見えるなんていうSFみたいなことが原理的には起こり得る。

何となく外部モニターから目を逸らすと、それに気づいたイオが、くすくす笑い始める。バカげた迷信だとわかってはいるけれど、刷り込まれた原体験を払拭するのは、この年齢になってもなかなか難しい。

旅立つ狩人の背中を見てはならないのが、ヒルギスの掟。自分で自分の背中を見て不幸を引き寄せていたら世話がない。

「大丈夫だよ、シンイー」イオがおかしそうに言う。

「君の背中が一周するのなんて、僕ら待ってられないんだから。ほら、もう通り過ぎた」

外部モニターに目をやると、辺り一面、本当に真っ黒だった。ダーク・エイジの視半径は九十度に達している。水平線が遠い。

「来るよ」と、イオ。

機体の振動の向きが変わって、反物質エンジンがプラズマの排出を、円軌道方向から垂直方向へ切り替えたのがわかる。

そして、ダーク・エイジが水平線を越えて、こちらにせり上がってくる。重力で歪んだ星空を、漆黒の沼が飲み込もうとしている。大丈夫だと頭で理解していても、このまま虚無に飲み込まれるのではないかと不安になる。

実際のところ、帰還不能点は、まだまだ先にあるのだ。いまでやっとシュバルツシルト半径の一・五倍。ここから先に、重力に対抗できる円軌道は存在しない。

そして、見る見る深さを増していく漆黒の沼に、もうすぐイオは一人で下りていかなければならない。

「事象の地平面の向こう側ってどうなってるんだろう」と、イオが呟く。

良くない兆候だ。ダーク・エイジの近くでは、思考さえ星に引きずられる。いまからこの調子では、戻って来られるものも、戻って来られない。

こういうとき、私は決まってヒルギスの射手《アーチャー》になったときの話をしてやる。私が最も死に近づいたのは、あの儀式をおいて他にないからだ。

いや、むしろあのとき、自分の中に死を半分取り込んだような気さえしている。死と無が本質的に同じものなら、確かに私はあれ以来ずっと、深遠なる死の淵を、ぐるぐる歩き回っているだけなのかもしれない。

4

ヒルギス人は狩猟の民だ。人間の価値は、狩った獣の大きさで決まる。

祖父さまも父さまも、ヒルギス史に名を残す狩猟の名手だった。スナジカを仕留めるのに心臓への一撃しか必要としなかったし、父さまなんて子連れのオグロサイと対峙したときには、眉間への連撃で簡単に決着をつけてしまった。本当だ。父さまの肩の上で見ていたから間違いない。砂に血を吸われながら横たわる母親のそばを、子サイがいつまでもまとわりついて離れようとしなかったのを覚えている。

父さまが子サイにとどめを刺せなかったのは、私がいたからだと思う。

オグロサイは自分を狙った人間を生涯忘れることがない。仇敵の臭いを嗅ぎつけると、ビバーク中の夜を狙って襲ってくるので、普通子どもであろうと見逃がすことはしないのだ。

父さまが獲物を逃がしたのは、後にも先にも、このとき一回きりだ。

集落の中には、あれを父さまの汚点と陰口を叩く連中もいたけど、私はやはりあのとき、子サイが殺されるのを見たくなかったから、狩りの名手としての父さまを思い出すのとはまた違った気持ちで、子サイを逃がしてやった父さまのことを、いまでも尊敬している。

一方、祖父さまはとても厳しい人だった。祖父さまなら子サイを逃がすことはしなかったろう。いまここで逃がせば、後々成長した子サイが敵となって村の連中を襲うことになるという厳しい現実を、引き金を引くことで私に知らしめただろう。

祖父さまが私に語りかけるとき、その声の背後に、もっとたくさんの声が聞こえているように感じることが度々あった。そしてその傾向は、父さまと母さまがカントアイネ国際連合との戦争で死んでから、より強くなったような気がする。

だからなのか、私は祖父さまの声を思い出せない。無言で背を向け小屋に消えていく、やせて尖った肩の骨だけは、やけに鮮明に、まぶたに浮かぶのだけれど……。

とはいえ、いまの私を作り上げたのは祖父さまで間違いない。射手《アーチャー》になるには、たゆまぬ鍛錬が必要で、そこには情の入り込めない領域が確かに存在している。

祖父さまの言いつけで、砂漠が燃え上がるより早く小屋を出て、クモタカチョウの巣立ちを狙う。卵は平均で五個から六個。親鳥の目の前で、巣から飛び出した雛鳥《ひなどり》たちの首を吹き飛ばしていく。一発も外すことは許されない。急所を外せば雛を苦しませることになるし、そうなると途端に肉の味がまずくなる。

五連式の短銃を四発だけ撃って、雛鳥をきっかり四羽仕留めてみせる。巣立てる雛は、一羽か二羽――。

「ちょっと待ってよ、シンイー」とイオが言う。「なんで全部撃たないの？」
「雛を全部殺したら、来年卵を産むクモタカチョウが育たないからよ」
「そうじゃなくって。どうして弾を一発だけ残すのかって話」
「ああ。それはね――」

クモタカチョウは数を数えられる、とまことしやかに語られるほど、親鳥が飛び立つタイミングは雛が四羽吹き飛んでからと決まっている。まるで、それ以上殺されると自分の遺伝子が後世に残らないと知っているみたいだ。

実際のところは、悠長に我が子の死を見守っている親鳥の遺伝子は、子どもの全滅と同時に、後世に残る資格を剥奪されるからに過ぎない。都合の良い遺伝子だけが生き残る、自然選択の不思議――。

甲高い鳴き声を一つ残し、親鳥が巣を飛び立つ。翼が風を切る音がどんどん近づいてくる。

両翼二メートルの影は、ヒルギス人の子どもを覆い隠すのに十分すぎるほど大きい。

日が陰ると、草木の湿った匂いが強くなる――そんなことを考えながら、私は親鳥の鋭い鉤爪《かぎづめ》が上空から近づいてくるのを影の中でじっと待つ。子ども用の短銃で成鳥を撃ち落とすには、できるだけ距離を縮める必要があるからだ。

親鳥の瞳に映る悲しみが見えるほど近づいたら、やにわに引き金が引かれる。短銃は左腕に持ち替えられている。

こうなると、もう逃れようがない。予定された世界線をなぞるように、血に染まったクモタカチョウが翼を絡ませながら、自分の影の中に落ちていく。

私は親鳥の足を縄で縛り上げると、雛と一緒に肩に担ぎ上げた。上々の滑り出しだ。

ただ、獲物を背負って小屋に帰っても、祖父さまの渋い顔が晴れないことがままあった。

短銃に使用するのは程度の悪い鉱石から精錬された鉛がほとんどだったけれど、腰袋の弾丸が無駄に減っていると、ツルクビの茎で尻をぴしゃりとやられた。私たちの村は鉱石が取れるアラウーシ山から遠く、不用意に鉛の注文を増やすと、取引相手に足元を見られる可能性があったからだ。

もちろん射手《アーチャー》に選ばれるころには、無駄弾はほとんどなくなった。

二代続けて稀代の射手を輩出したレイ家だ、必然的に私に対する期待は大きかったけれど、望めば誰もが射手になれるわけではない。男であれ女であれ、射手になるには、射手になるための「兆《きざ》し」が必要だ。

かつてヒルギスの始祖ゲーイーは、空に現れた九つの太陽を弓で射落とし、人々の危機を救ったという。

おそらくは干ばつを象徴するこの伝説に敬意を表し、いかに文明の利器が進化しようと、ヒルギスの狩人はいつだって射手《アーチャー》だ。それが火薬を使った銃であっても、電磁誘導を使っていても、呼称が変わることはない。

私の兆しは五歳と半年程で現れた。いつもの射撃訓練の帰り道、茜色の空を滑空するクモタカチョウを見上げたとき、それは起こった。斜陽に撃ち抜かれた私の意識は光に包まれ、体は鋼《はがね》のように硬直して地面に打ちつけられた。

まるで、自分の体が自分のものでなくなったみたいだった。体の奥底から湧き起こる脈動で、私の体は砂の上で跳ね続けた。食いしばった歯の隙間から、地鳴りのような呻《うめ》き声が漏れ続ける。たかが五歳半の子どもを押さえつけるのに、祖父さまたち大人四人の力が必要だったという。呪術師は酒で清めた鉈《なた》を振り上げると、ゲーイーに祈りの言葉を囁きかけた。

勢い良く振り下ろされた鈍色《にびいろ》の輝きを、私は一生忘れることがないだろう。

呪術師の鉈は私の頭蓋を切り裂き、脳梁《のうりょう》を一刀両断した。私の中の神聖はこの瞬間、永遠に私から切り離されたのだ。

以来、私の右脳にはゲーイーが宿っている。

私が左腕で銃を構えるとき、獲物を射抜くのは私ではなく、右脳に宿る伝説の射手だ。意識に制御されないむき出しの本能が、獲物の心臓を狙って引き金を引く。

死神の純粋さで。


「三日三晩眠り続け、ようやく目が覚めたとき感じたのは、孤独だった。生きてるっていう喜びなんて一つもない。あるのは寂寥《せきりょう》感だけ……」

私はヘルメットの上から、その下にあるはずの赤黒い傷をなでた。

「左脳が自意識、右脳が無意識を司るなら、脳梁を切断された私は、無意識にアクセスする権利を失ったことになる。無意識ってたぶん、祖先から代々受け継がれてきた、本能みたいなものだと思う。

すべての人間が等しく共有している領域。それに触れられなくなったから、私は孤独を感じたのかもしれない」

「いまも感じる？」

「ときには。でも、こうして話してると忘れられる。だから、イオが地平に消えてしまったら、すごく寂しい。こんなふうに話した思い出も全部、事象の地平面の向こうに行ってしまって、二度と触ることができないんだから」

いつの間にか膝を抱えて聞いていたイオが、ぽつりと呟く。「シンイーにそんな思いさせられないね」

「わかったんなら早く食べて、下りる準備をしなさい」

イオは頷くと、丸みの残る頬をもごもごと動かして、流動食を全部平らげてしまった。

こんなふうにイオをなだめた後は、本当に自分が母親にでもなったような気がする。あり得たかもしれないもう一つの人生を想いながら、タラップへ向かうイオを目で追う。

降下ユニットに下りると、イオはうつ伏せ寝になってスコープを覗き込んだ。ク《Q》オンタム・エ《E》ンタングルメント・テ《T》レスコープ――量子もつれ望遠鏡。望遠鏡とはいっても、QETとイオがセットになると、むしろ顕微鏡に近いのかもしれない。

ブラックホールに落ちた粒子が何ごともなく事象の地平面を越えると思っているとしたら、とんだ考え違いだ。その視点が許されるのは、自由落下で落ちた粒子本人だけ。地平面上空に留まるイオには、ダーク・エイジの大気が四方八方からぶつかって、落ちた粒子がブラウン運動《ランダムウォーク》し始めるように見える。

ウォークというからには追跡が可能だ。ヒルギス人が狩りのときに、砂漠の上に残された動物の足跡を読むのとちょっと似ている。

もちろん私には、粒子が地平面近傍でたどった軌跡を読むことなんてできないけれど、QETを覗いたイオには可能だ。

幾数多《いくあまた》の素粒子に分解された情報を、イオは地平面近傍の放射から拾い上げることができる。あたかも増大するエントロピーに逆らうかのように、プランクスケールからマクロな世界へと、元の情報を再現してしまう。

QETで何が見えるか何度か尋ねたことがあるけれど、イオは一度もうまく説明できたためしがない。夢を見ているようだと、形容したこともある。何を見たのかはわからないけど、頭の中にイメージは浮かぶと。

だから、何らかの粒子がQETのレンズを通して、イオの脳に影響を与えているのは確かなようだ。何しろ視神経は直接、脳とつながっている。そういう意味で、網膜は単なる神経細胞の集積というより、露出した脳なのだ。

ビープ音が鳴り、事象の地平面の視半径が、百三十五度に達したことを知らせた。ダーク・エイジはすでに黒い沼というより、漆黒の壁といった様相を呈している。強大な重力が空間をねじ曲げ、地平面を水平より四十五度も上に持ち上げているのだ。

しかも、この壁の上昇はまだまだ止まらない。仮に私たちが事象の地平面に到達したとすると、全天は完全な闇に包まれる。

もちろん、トード号がそこまで降下することはない。連邦のいまの技術力では、パメラ人の完全観測可能距離といわれる四千メートル圏内で地平面上空に静止するのだって、夢のまた夢だ。

でも、わずかな手がかりを得るために、イオはできる限り事象の地平面へ近づいていく。反物質エンジンの出力を上げ、重力との均衡を保つ。ホバリングする。

私もそこに同行できたらと思うけれど、同じ深度にいてはイオのことを守ってやれないから仕方がない。常識を超えた重力下では、電磁誘導をもってしても、弾丸を水平に飛ばすことはできないのだ。

だけど、そもそも、どうしてそんな場所で銃を撃つ必要があるのだろう。

光でさえまっすぐ進めない極限の世界に、イオに危害を及ぼすような何かが潜んでいるなんてことが、どうして起こり得るのか。

光さえ飲み込んでしまうのが重力の力なら、存在するはずがないものを吐き出すのも、また重力の力。

その摩訶不思議な物理的帰結のせいで、私はこんな場所で狩りをする羽目になったのだ。

5

そもそもの始まりは、宇宙に終わりがあるという、歴然とした事実だった。

宇宙連邦の偉い人たちは、それが我慢ならなかった。始まりがあれば終わりがあるという、ごく自然な摂理も、体どころか脳までぶくぶくと肥大した権力者たちの目には、自分たちの権利を侵害するものとして映ったようだ。

ヒルギスの民に、そのような思想はない。あるのは狩るものと狩られるものとの間にある、一瞬の邂逅だけ。狩りが終われば未来どころか、明日がどうなろうと知ったことではない。

「だったら、どうしてシンイーのお母さんは、シンイーを産んだの？」と昔イオは言った。「明日を続ける気もない世界に子どもを送り出すなんて、無責任じゃないかな」

だったら子孫を残すべきではないと、イオは言うのだ。

なるほど、それも一理あると私は思った。終わる世界に何の対抗手段も残さないで、ただ産めよ増やせよでは、無責任極まりない。

ただし、私たちだって次の世代に残していくものは持っている。

ヒルギスの民は世界と戦うために、皆が一挺の銃を与えられる。射手になれるかどうかは関係ない。私が祖父さまから狩りの基本を叩き込まれたのと同様、生まれたときから全員が、射撃の何たるかを身に沁みて覚えさせられる。

リンゴも上手く剝けない子どもが、落下するリンゴを銃で撃ち抜くなんてざらだったし、ナイフの研ぎ方は知らなくても、銃身から鉛の残滓《ざんし》を掻き出す方法ならよく知っていた。

私だって、いつから銃を撃ち始めたかなんて覚えていない。気がつけば獲物を狩るためのすべての所作は、何万回という射撃の反復運動によって無意識に刷り込まれていた。私の右脳に、祖神ゲーイーの魂が着々と蓄積されていたのだ。

要するにヒルギスにとって世界とは、銃一挺で対抗できるものだった。その範囲しか世界と認識していなかったのだ。

でも、多くの人間にとっては、世界はもっと広大だった。

特にパメラのような過去と未来を俯瞰する長大な時間の流れの中で生きる人々にとって、世界の終わりは、どうしようもないほど邪魔な存在だった。

だから、自分たちを追い出した連邦の人間が再び目の前に現れ、国を与えるのと引き換えにダーク・エイジで働くことを要請してきたとき、彼らは過去の遺恨に封をして、すんなり協力することにした。それは辺境をさすらう日々の終わりを意味したし、上手くいけば時間上に立ち塞がる目障りな障害物を取り除くことになる。

連邦の中には、パメラ人と一緒に働くことに反対する民族主義者たちも、確かに存在した。しかし、状況は昔とは一変していた。そもそもパメラのような能力を持った、いわゆる「勘の鋭い人々」がいなければ、連邦が立てた新しい計画は上手くいくわけがなかった。彼らは、いずれ訪れる宇宙の終焉を乗りきる方法を、パメラに探させたかったのだ。

そして、その方法はダーク・エイジの表面に記述されているはずだった。パメラ人だけが読むことができる粒子の足跡として、停止した時間という名のキャンバスの上に。

「まだ宇宙連邦ができて間もない時代に、君たちの祖先がダーク・エイジに集まったのは、ここに生命の痕跡を見つけたからだよ」

艦橋《ブリッジ》下の広場に併設された、多目的遊技場。幼い私たちは、その鉄棒に腰かけて星を見ていた。顔合わせからしばらくして、私とイオはプライベートでもよく話す間柄になっていた。でも、当時の私は圧倒的に知識が不足していたから、イオがする歴史や科学の話についていくことさえできなかった。いまでこそトード号のライブラリーである程度の知識は補完したけれど、あのころの私の頭の中にあったのは、獲物と火薬の匂いだけだったのだ。

「痕跡って……まさか足跡があるわけじゃないでしょ？」

私の問いかけに、イオが笑った。その拍子に銀色の髪が少しなびいて、なんだか星空とよく似合っていた。

「足跡ではないよ」と彼は言った。「電波望遠鏡のスペクトル分析から、有機化合物——それも、生物の細胞の原料になるような種類の物質があることがわかったんだ。でも変だったのは、見つけた場所がボイドっていう、何もない宇宙空間だったことさ」

「何もない？」

「うん。そんなのおかしいに決まってる。ほとんど星も見当たらない場所で暮らす生き物なんて、考えられないからね。何かが起こってることは確かだった。それで、調べることにした」

「暁の疾風《ドーン・ゲイル》」ことゲイル・アークライト大佐に率いられた〈夜の虹《ムーン・ボウ》〉船団は一路、謎のボイド領域を目指した。

中心になったのは一攫千金を狙う新進気鋭の氏族連中だ。星図にあるような惑星系はあらかた開発が済んでしまっていたから、宇宙連邦の有力氏族に名乗りを上げるなら、リスクを背負うのは避けられなかった。

膨大な時間と数多の危機を乗り越えながら旅をした彼らは、ついに目指す領域に到着。そして、そこで信じられないほど巨大なブラックホールを見つける。

「ダーク・エイジと名付けられたそのブラックホールはあまりにも巨大だったから、宇宙ができたすぐ後に生まれたって考えないと辻褄《つじつま》が合わなかった。周囲のあらゆる物質を吸い込みながら宇宙の年齢と共に成長し、あんなに大きくなったってわけ。ところが計算してみると、それでも間に合わないことがわかったんだ。宇宙の年齢分育ったとしても、ダーク・エイジはあまりに巨大すぎる。生物由来の有機化合物。そして非常識に大きく育ったブラックホール。導き出された答えは一つだった」

「何？」

「誰かに作られたんだよ。あんなに大きくなるまで太らせたのは人間さ。ひょっとしたら、同じくらい頭のいい別の宇宙人かもしれないけど」

人間が星を作った？　そんなこと、できるんだろうか？

〈夜の虹《ムーン・ボウ》〉船団の人たちは、もっと驚いたと思うよ。だって当時、人類は大航海時代の真っただ中。反物質エンジンの開発で行けるところが一気に拡大して、銀河を我がもの顔で走り回ってたんだから。自分たちが宇宙の支配者だと、何の疑問もなく信じてた。でも、この領域までやってきて、それがとんでもなく自惚《うぬぼ》れた考えであることがわかったんだ。人間——か何かわからないけど、その生命体は十五兆標準太陽質量のブラックホールを育て上げて、とっくにこの宇宙から抜け出していたんだから。宇宙の支配者なんて、とんでもない思い違いだ。残されてたのは、彼らが時空に開けた、巨大な穴だけさ。抜け殻だったんだよ。僕たちは、この宇宙に置き去りにされた、残りかすさ」

イオは手に持っていたジュースのカップをドンとテーブルに置いた。遊技場は重力が甘く作られているから、カップは跳ねるように転がり、そのままテーブルの端から滑り落ちた。

こんなに感情を露《あら》わにしたイオを見るのは初めてだった。何も知らない私が茫然と立っているのを見て、イオは「ごめん」と謝った。

私はそのとき、イオが怒っているのは、私たちが宇宙に置き去りにされたからだと思っていた。少しばかりものごとがよく見えてしまうから、そのせいもあるのだろうと。

しかし、ことはそう単純ではなかった。本当はもっといろんな事情が絡んでいたのだ。

でも、当時の私はそんなこと知るよしもなかったし、それにイオが語った何もかもが現実離れした話に聞こえた。これって本当に本当の話なのだろうか、と。

そもそも、ブラックホールで宇宙から脱出するってどういうことなんだろう？　話によれば、ブラックホールは重すぎて光すら抜け出せなくなった天体だ。特にダーク・エイジは、そのなかでも、とびきり大きいらしい。それなのに、到底抜け出せそうもない「宇宙」から抜け出すって！　普通に考えれば無茶苦茶になって、それこそ残りかすさえ残らないぐらいバラバラになったっておかしくないような気がする。

「それは逆だよ」とイオは言った。「ブラックホールが大きければ大きいほど、逆に潮汐力《ちょうせきりょく》は小さくなる。ダーク・エイジぐらいとてつもなく巨大になると、事象の地平面近くでも、時空の歪みはほとんど人体に影響を与えないんだ」

惑星カントアイネを回る月だって、あんなに大きいから潮の満ち引きを引き起こすくらいで済んでるのだ。もし月が同じ重さでクモタカチョウの卵一個分くらいの大きさしかなかったら、私たちの体は折りたたまれていたかもしれない。小さい分、時空の歪みが大きくなるからだ。月の端から端まであった力の幅が、卵一個分にギュッと縮まってしまうと考えるとわかりやすい。そんな小さい場所に、私たちの体が押し込められるイメージ。

「ブラックホールも大きければ大きいほど窮屈じゃなくなる。地平を越えるとしたら、ダーク・エイジくらい条件のいいブラックホールはないってわけさ」

地平を越える——。

私は頭の中で、ヒルギスの海の彼方にあるという、常世の国をイメージしていた。水平線の彼方にある、美しき楽園。

　でも現実はもっと奇妙だった。連邦の科学者たちは、地平を越えたその向こうに、他の宇宙に通じる穴——特異点が存在すると考えている。そして、その穴を広げ、私たちが通り抜けることを可能にする、何らかの機構が存在すると。彼らはその機構を便宜的に、〈門《ゲート》〉と呼ぶことにした。

「〈門《ゲート》〉の探索には、どうしたって拠点が必要だった。それで、〈夜の虹《ムーン・ボウ》〉船団の氏族連中は、それぞれの星間航行船でダーク・エイジ周辺の惑星系に乗りつけると、一帯を連邦の勢力圏に取り込んでしまったんだ」

　新たに版図に加えた星々で手に入れた様々な資源や経済力は、氏族たちの連邦での地位を押し上げるのに十分なほど、彼らを潤わせてくれた。

　ただ、〈門《ゲート》〉の探索はなかなか思うように進まなかったらしい。原始的な地平面探査基地《プラットフォーム》をダーク・エイジの軌道に放り込んでみたものの、その先になかなか進めない。何しろブラックホール近傍は時空の歪みがあまりに酷く、何をするにも時間がかかりすぎる。

　結局、本格的な探索に乗り出すには、耐重力装備やＱＥＴなどのさらなる技術革新に加え、パメラ人の時間に特化した情報処理能力が必要だったというわけだ。それで連邦は恥ずかしげもなく、一度追い出したパメラ人たちをダーク・エイジに呼び戻した。彼らは連邦直轄の星に自治政府を許され、いまではプラットフォームに独自の生活共同体《コミューン》まで作り上げている。

「僕らパメラ人に望まれてるのは、ブラックホールの放射から、現実には何が起こったのを読み取ることだよ」とイオは言った。「謎の文明がダーク・エイジの地平を通り抜けて〈門《ゲート》〉へ向かったなら、その痕跡は、いまも地平近傍に残されたままになっているはずだ。地平を越えようとするものは強力な重力のせいで、停止した時間に氷づけになってしまうからね。もし僕らが十分深く潜れれば、ダーク・エイジの放射によって彼らが数多の粒子に分解されていったその軌跡を、QETで捉えられるはずだよ。一方、これはとても不思議なことだけど、自由落下した彼ら自身は放射を目撃することもなく、事象の地平面を越えて、特異点に到達してるんだ」

この概念を「ブラックホール相補性」と呼んだのは、宇宙連邦創成期の人々だ。生と死が同時に存在するようにも思えるこの不思議な現象を、いまだに私は自分が理解できたとは思えない。どうやったらバラバラの放射になった自分と、特異点に到達した自分が同時に存在するなんてことが起こり得るのか。

とはいえ、パメラは地平を越えるわけじゃない。地平面から放たれる情報をQETで読み取るために、少なくとも、その手前で踏みとどまらなければならない。

踏みとどまる者にダーク・エイジは容赦しない。恐ろしい加速度が襲いかかる。Gスーツがなければ、私たちはとっくに気を失い、押し潰されてしまっていただろう。

6

二回目のビープ音が鳴って、体感重力加速度が五Gに近づいているのを教える。

「降下準備に入ってください、イオ」と、ミス・トードが言う。

声は聞こえなかったけれど、モニターの中でイオが「わかってる」と呟いたのが見えた。

私は、その呟きを目に焼きつける。ここからは、動くイオの姿の一瞬一瞬が、とても切実に感じられる。

文句を言われるのがわかっているので、音声を切ったまま「気をつけてね」と声をかけた。イオにとっては全部で二十分程度の道のりでも、私にとっては無限に等しい。そのことをイオは、まるでわかっていない。どれだけ優秀な前後脳を持っていたとしても、たった十歳の少年に、人の心を想像するのは難しい。

「男性に女心はわかりませんよ」と、ミス・トードの声がした。

「さっきはありがとう」

「どういたしまして」モニターランプが明滅する。「あなたを母親だなんて、まったく……。パメラの方々は時間に寛容なことで有名ですから、ときにあんな無神経な発言をしてしまうのです」

イオの頭にあったのは、ピンクロン・ノーマン一家の拠り所、ノーマン夫人のことだろう。穴掘り以外に興味のないピンクロン・ノーマンのことだから、二人の子どもたち——シャーロットとボーイに小言を言うのは、必然的に夫人の役割になる。

「降下ユニット、切り離します」

微かな振動を合図に、降下ユニットが沈み始める。

外部モニターに目をやると、イオを乗せたユニットが、トード号から離れていくのが見えた。機体の軋みが、私のほうまで伝わってくるように感じる。

イオはここから一人で、黒い穴の中を下りていかなければならない。時空はねじ曲がり、外宇宙は上空の円盤の中に巻き込まれている。あとは事象の地平面が作り出す闇が周りを取り囲むばかり。

その光景をして、奈落へ下りていくようだと形容する人もいる。

イオの表情が硬く強張《こわば》り始める。当たり前だ、降下ユニットはダーク・エイジの強力な重力に対抗するために、すでに凄まじいまでの加速度でエンジンを焚き続けているのだから。

体感重力加速度は一〇Gに近づいているはずだ。つまり、実際の重力加速度は一〇〇Gに近づいている。

そんな場所に、あんな小さな子どもがいていいはずがないと、いまでも思う。人類の押しつけた重責で、イオは沈んでいくのだと、埒《らち》もないことを考える。

赤方偏移で赤黒く変色していく降下ユニットの姿が、まるで血の池に沈んでいくように見える。そして、そのイオの苦行は、ある深度を境に時空に貼り付いてしまう。赤く、暗くなったまま、私のスコープの中で停止する。

モニターには、苦悶の表情を浮かべるイオが映っている。ミス・トードによって画像補正されたその映像も、むろん氷づけにされている。重力が彼から時間を奪い去ったからだ。

これから少なくとも数年間、私はイオの苦しみを見つめ続けなければならない。ブラックホールの強力な重力で時間が遅くなり、向こうでの十分が、こっちの三年に引き伸ばされてしまう。

そして私はイオを守るため、銃のスコープを覗き続ける。ほとんど変化のない赤い風景を、何日も、何週間も、時には何か月も、トリガーに指を添えたまま観察し続ける。

その消耗戦は、降下ユニットのそばで、時空が泡立つまで続く。

奇妙な歪みは、ほとんどの場合、数秒で消え去ってしまう。でも、歪みが成長し続ければ危険な兆候だ。それが降下ユニットのほうへ近づけば、もはや猶予はない。歪みはそのうち仮想実体化し、降下ユニットを仕留めようと走り始める。

その存在するはずのない襲撃者を、人は「ネズミ」と呼んだ。時空に尾を引きながら走る姿が、それらしく見えたからだ。

そして、このネズミたちの始末が、私の仕事だった。

スコープを左目で覗き、左手の人差し指を引き金に乗せる。ガンピットの先にあるのは、探査船底部から突き出した、およそ六メートルの電磁加速《レール》砲身《ガン》だ。

私に当てようという意識はない。気づけば電磁気力で加速された弾丸が、火花を散らして奈落を滑り落ちている。

それでようやく、自分が引き金を引き絞ったことを意識する。狙うというより、発射から着弾までの過程に、あらかじめ自分が組み込まれている感じだ。

実のところ、命中するのは、こちらの時間で何か月も先の話だ。降下ユニットのように奈落で減速する必要はないとはいえ、亜光速で放たれた弾丸も、やがて重力に時間を食い潰され、急激に速度を落としてしまう。ただ、それは標的も同じこと。すばしこいネズミも、貼り付けになった時空の中では、ナメクジよりまだ遅い。

要するに、ブラックホール近傍では、より上空にいる者が決定的なアドバンテージを与えられる。事象の地平面に近いほうがより重力が強く、時間の流れも遅くなってしまうからだ。時空の粘りから頭を出してるぶん、私たちには予測する時間がたっぷりある。

「仮想実体の予想軌道、すべて適合しました。自動追尾モードに移行しますか？」

「いいえ。解析だけお願い」

私は再びスコープに目をやる。画像補正された粒子の荒い世界の中で、イオが乗った降下ユニットが、微動だにせず赤く滲《にじ》んでいる。

かつて、この世界を旅立った文明の名残りが、この沼の底に漂っているとトリッシュは言った。その断片をすくい上げるために、いまもイオはたった一人、十五兆標準太陽質量のバケモノと戦っている。

「……待って、ミス・トード。やっぱり追尾もお願い」

「了解、シンイー。賢明な判断です」

スコープから目を離すつもりはなかった。ただ、何となく嫌な予感が脳裏を掠《かす》めたのだ。

今度の休暇で、気になる噂を耳にしていた。他のプラットフォームで仕事をしているパメラ人が、二人続けて事象の地平面へ落ちたらしい。

自力で戻ってきた探査船のクルーによれば、原因はネズミによる襲撃だという。しかも、そのネズミは考えられないほど巨大だったと、口を揃えたように語ったというのだ。

巨大なネズミとはいったい何なのか。そもそも、ネズミが存在していることだって、常識的には考えられないことなのだ。それが、巨大になるなんてことは、確率的にとても起こりそうもない。

7

かつてブラックホールは、何ものも逃がさない暗黒の星だと考えられていた。それが、他の物質と同様、熱を持っているとわかったのがプラットフォーム時間で三万年以上前。その放射の正体は、相方を事象の地平面に持っていかれた仮想粒子の実体化だ。

真空の揺らぎから飛び出した仮想粒子対は通常、即座に合体して消滅してしまう。ところがブラックホール近傍で発生した仮想粒子対の中には、ペアになる粒子が事象の地平面に落ちてしまうものが現れる。

一度地平面に落ちてしまえば、光でさえ脱出することは叶わない。対消滅することができなくなった仮想粒子は実体化するしかなく、ブラックホールの潮汐力から十分エネルギーを与えられると、遠くへ飛び去るものまで現れる。

この放射は原理的に、あらゆる粒子や波動でありうる。光子、電子、ニュートリノ、重力波……。真空の揺らぎから飛び出るものなら何でも、実体化を要求する権利を保有する。

もしかすると中には、たまたま実体化した陽子のそばに実体化した電子が現れて、水素原子として放射が出現することがあるかもしれない。ありそうもないけれど、もしかしたらと思わせる。

でも、それがアミノ酸ならどうだろう？　複雑な有機化合物の材料すべてが、一か所にたまたま姿を現すなんてことが、確率的に起こり得るだろうか？

それが起こってしまっているのが、「ネズミ」という現象だ。アミノ酸どころか、タンパク質も通り越して、まるで生命体のごとき複雑性を有する巨大な分子構造が、仮想実体化し、走りだす。

一つ注意しなければならないのは、ブラックホールの放射を観測しているのが「誰なのか」という点だ。

実のところ、一般的に観測者として設定されているのは、ブラックホールから十分に離れた、例えば、辺境から望遠鏡を覗いているような人のことなのだ。ブラックホールの重力の影響は極めて小さく、そんな遠くにいながらブラックホール近傍のことを知っているというのだから、ほとんど理想化された視点でしかない。

一方、光子半径の内側にいる私や、私よりさらに強い重力に逆らってホバリングしているイオのような視点は、「加速する観測者《アクセラレーター》」と呼ばれる。生易しい理想化など存在しない。想像を絶する重力との格闘がそこにある。

ブラックホールの重力に引き寄せられることなく、事象の地平面と一定の距離を保ってホバリングするには、反物質エンジンを限界ギリギリまで爆発させる必要がある。静止しているように見えて、その実《じつ》イオなどは、一〇〇Gを超える加速度で重力と逆向きに飛び続けているわけだ。

すると、外にいるのとはまったく違う景色が見えてくる。空間はねじ曲がり、外宇宙はほとんどヒルギスの空の太陽と同じぐらいの大きさの、円盤の中に押し込まれてしまう。

そして、外宇宙からは決して見えない多量の放射の層が、降下ユニットの周囲を取り巻くことになる。理想化された視点が観測する、有るか無しかの弱々しい放射ではない。アクセラレーターにとっての事象の地平面は、恒星の表面にも近しい、熱い大気だ。どうしてそんなことが起こるのか。

鍵は、実際に発生する仮想粒子対の量にある。

理想化された観測者が目撃する微少な放射は、運よくブラックホールの強力な重力を逃れることができた粒子だ。ガンマ線などの高エネルギー粒子でさえ、ブラックホールの重力を振り切るころにはエネルギーは減退し、微々たる放射が観測されるだけになる。

ところがイオは、出現した放射の多くを観測する。そして、そのほとんどは外部から観測されることもなく、再びブラックホールの重力に引き戻されて地平面へ落ちる。つまり、地平に落ちた相方の粒子と同じ運命をたどることになる。

仮想粒子が本当に実体化するには、計算上ブラックホールの周囲の長さの、四分の一程度の距離まで遠ざからなければならないらしい。言い換えれば、そんな場所まで飛べるほど潮汐力からエネルギーを得た粒子だけが、実在の粒子として、理想化された視点に観測されるわけだ。

従って、地平面近傍にいる私たちアクセラレーターが見る放射の大部分は、客観的には、いまだ仮想粒子だ。実在しているとは言えない。

だから、ネズミのような現象が起こるのだろうか。仮の姿なら、現実離れしたことだって許される？　いずれ、地平に落ちる運命だから？

「仮想実体出現の兆候確認。座標ポイントをバイザーに転送」

モニターに印が現れる前に、もちろん私も時空の泡立ちを確認していた。またしてもネズミがイオの降下ユニットの近くに姿を現そうとしている。

私はスコープを覗き込み、トード号の自動追尾モードがネズミの予測軌道を追うのを、じりじりと待った。左視野の感覚は鈍い。ただ、言いようのない圧迫と高揚が、脳梁の垣根を越えて私まで伝わってくる。

「ネズミにベクトル変化！」

その瞬間、左腕の先で電磁誘導の火花が飛んだ。反動でGスーツの関節が軋む。加速された粒子の残り香が、微かな金属臭となって辺りに漂っている。

モニターを確認すると、ネズミの軌道は正確にミス・トードの予測と一致していた。あとは撃ち込んだ弾丸がネズミを撃ち落とすのを、ただ待っていればいい。すでに未来が決定したことを知りもせずに、いまごろネズミはイオの降下ユニットを目指して、無邪気に走り続けていることだろう。

ネズミが走るには、ネズミを構成していた粒子が地平面に落ちるより早く、新たな粒子がその隣に新しくネズミの姿を構成しなければならない。その出現メカニズムは、ある種、古代文明の電光掲示板を彷彿とさせる。

点灯する豆球の位置が順に移動していくから、文字が流れるように見える。同じように、ネズミが地平に落ちると同時に、隣の時空に新しいネズミが出現するから、ネズミが走るように見える。移動しているのは粒子ではなく、ネズミという「情報」だ。

これは本当のところ、何を意味しているのだろう。私たちはいったい何を見ているのか。この情報というものが、どこから送り込まれるのか、さっぱりわからないのだ。

8

結局、今回の遠征では〈門《ゲート》〉の手がかりを見つけることができなかった。

ただ、断片化された情報がイオの中に眠っている可能性はまだ残っている。本人さえ自覚できない情報の残滓が、もしかすると前後脳の端っこに引っ掛かってるなんてことが。

イオはトード号に引き上げてきてからもずっと、銃座兼操縦席《ガンピット》の横に設置されたベンチの上でぐったりとしている。

おおよそ六年間に及ぶ長大なミッション——。でも、ダーク・エイジ近傍の歪んだ時空の中にいたイオにとっては、ちょっと散歩に行く程度の時間だったはずだ。降下と上昇にかかった時間がそれぞれ五分。奈落の底で地平面を読み取る仕事に費やした時間が、だいたい十分といったところ。

それでも、前後脳を絶え間なく粒子に洗われれば、体力の消耗は計り知れない。しかも、イオはいまもまだ、十歳になったばかりの少年なのだ。

一方、私はまたイオより余計に六歳ほど年を取ってしまった。出会ったころはほとんど同い年だったのに、何度も潜航を重ねたいまでは、イオを息子と見間違える人も少なくない。

——いや、今回の遠征でそれも難しくなった。彼の母親というには、私はすでに年を取りすぎている。

「おかしなネズミがいた」とイオが呟いた。「こっちを見てた」

「見てた？　目があったってこと？」

「……わからない。ただ、見られてるって感覚があった。なんか、あれはまるで……」

続きを待ったが、寝息が聞こえただけだった。

光子半径を出てトード号がらせん軌道を描き始めると、私はイオのヘルメットを慎重に取り外してやった。汗に濡れた銀髪から、子ども特有の甘酸っぱい匂いがこちらに漂ってきた。

脳裏にふと、最初の日の光景がよみがえった。私をかわいそうと言ったイオの声が聞こえた気がした。

ホライズン・スケープに戻ると、スグルが対仮想実体システム開発部のトップに就任していた。すでに勤続三十年のベテランで、私より年上になっている。

ダーク・エイジの重力ポテンシャルの影響に加え、行きと帰りの亜光速航行が、トード号の中の時間の流れを、プラットフォーム時間よりずっと遅くしたからだ。

イオが奈落に下りている合計二十分が私の六年になるように、トード号の六年はおおよそ、ホライズン・スケープの三十年に相当する。

速く飛べば飛ぶほど、経過する時間が遅くなるのが相対論の要請。もし光速でトード号が飛べたとしたら、私が瞬《まばた》きしてる間に、この宇宙は終わってしまっていただろう。

打ち合わせのためにビュッフェに立ち寄ると、スグルがあの懐かしい笑顔を浮かべて、「カフェイン多めでしたよね？」と、カップをこちらまで運んで来てくれた。若かったころの彼と少しも変わらない気遣いに、思わずほっとする。

社会的に作られた性《ジェンダー》？　異なる心身能力《ディフレントリー・エイブル》？　私のような人間の中には、そんなことぐらい自分でできると突っぱねる人もいるだろうけど、基本的に厚意は素直に受け取ることにしている。めったにあることじゃないとはいえ、左手が暴れて困るのは私自身だ。飲み物をこぼしたGスーツのクリーニング費用は、ホライズン・スケープに着任したばかりの新人の初任給が吹き飛ぶぐらい高額なのだ。

テーブルにカップを置いたスグルの手が、ごつごつと節くれだって見えた。丸みを帯びた頬のラインはすっかり削がれ、白いものが混じった無精髭《ぶしょうひげ》が目立つ。にっこり微笑んだ目尻には、何本もの深いしわ――。

世界の流れに取り残されるのはどんな気分なのかと、連邦の人間に尋ねられることがある。そんなことを気にするなら、子どもを自分勝手にプロジェクトに引き込むのは、いますぐやめろ――というのが私の答えだ。

でも、実際のところどんな気持ちになるかといえば――誰にも話したことはないけど――特に何も感じないというのが本当の答えだった。

おそらく、ヒルギス人の刹那的な民族性のせいだろう。私たちは危険な狩猟の旅で、いつ命を落としても不思議はないと思っているし、今朝別れた村の人間が夕刻にこの世から消えていようと、感傷的に打ちひしがれることなどない。

だから、ホライズン・スケープの人間が挨拶もなしに年老いて旅立っていこうと、私の心が震えることはもうない。ただ——イオの時間から取り残されるのが怖い。

いまはまだいい。いくつ年齢を重ねようと、イオに一番近い時間にいるのは私だ。

でも、いずれ私が年老いたら——高重力の中で引き金を引くスピードがネズミを追えなくなったら、私はお払い箱になるだろう。イオから引き離されて、ヒルギスの砂漠で孤独な余生を過ごすことになるかもしれない。

別に小児性愛《ペドフィリア》めいた妄想を抱いているわけではない。イオに出会ったときの、うぶな気持ちが、そのまま私の中に残っているだけだ。

執着なのかもしれない。私は人生のほとんどを、イオを見つめることに費やしてきた。それが嫌だというのではなく——でも、時代と場所が変われば、私にもまったく違った別の人生があったかもしれないと、ふと思う。

ライブラリーで知った、古き良き時代の若者たち。同世代の彼女たちがプロムのパーティーで踊っていたちょうどその時期、私は凄まじいGを浴びながら、引き金に指を掛けていた。初潮を迎えたのも潜航《ダイブ》の最中だった。ミス・トードに教わりながら、ようやく生理用品の使い方を覚えた。

あらゆる知識が、AIとライブラリーからの受け売りだった。実体験はない。まるで人生全部が仮想化されているような気がすることさえある。

それでも耐えられたのは、イオがいたからだ。彼を守ることが、私が存在する唯一の理由だった。母親みたいだと煙たがられても、それだけは譲れなかった。

もとはといえば、イオが悪いのだ。あの最初の日、トリッシュが部屋を出た後で、彼は私と一緒になる未来を確かに予知した。

神話と言い伝えの世界にどっぷり浸かって暮らすヒルギスの少女にとって、パメラ人のイオが口にした言葉は、運命という名の錨《いかり》だった。逃れようもないほど、深く心に突き刺さってしまった。

あれから長い年月が過ぎて――イオにとってはほんの数か月の話だろうけど――連邦一と名高いパメラの予知も、的を外すことがあるのだと私は知った。私の両親の死を言い当てたイオの千里眼も、自分自身が絡んだ未来に関しては不確実性が増すということなのかもしれない。

イオを失うときのことを考えると、ときどき怖くなる。彼を失えば、私をこの世界につなぎ止める錨をも失うことになる。

私がどこの誰であるかを本当に知っている人間は、イオの他にはもういない。ヒルギスに戻っても、私を知る人間は一人もいないだろう。イオだけが、かつてシンイーという少女が存在したことの証なのだ。

コーヒーカップを口に運ぶと、芳醇な香りとコクのある苦みが舌の上いっぱいに広がった。過ぎ去った年月も、スグルの淹れたコーヒーの美味しさまでは奪い取れなかったらしい。

「さっそく仕事の話で恐縮なのですが」と、スグルが携帯型の３Ｄディスプレイに映像を流し始めた。最新式のＧＰ４０――私が今回潜る前にはなかったタイプのデバイスだ。

「どう思われます?」とスグルが言う。もちろんデバイスの感想ではない。映し出されている映像が問題なのだった。

赤黒く靄《もや》がかかった映像は、間違いなく降下ユニットの記録なんだろうけど、そこで動いている仮想実体は、およそネズミと呼ぶのにふさわしい代物とは思えなかった。

「私には人間に見える」と正直に答えた。「Gスーツも着ないでダーク・エイジに飛び込むバカがいると仮定してだけど」

もちろん、そんな人間がいるはずもない。それに、生身の人間が、どうしてあの強力な重力空間に浮かんでいられるというのだ。本当にそうならあっという間に亜光速まで加速されて、事象の地平面に取り込まれてしまうだろう。

「潜航可能深度が伸びた数年前から、こういう事象が頻繁に起きるようになったんです」

「人間が降下ユニットを襲うの?」

「正確に人間と確認されたわけではありません。我々はたんに『ヒト型』と呼んでいます」

スグルは新しい動画を表示させた。そこにはヒト型とはまた少し違う、何か異様な物体が映し出されていた。でも画像が荒く、それが何なのか、はっきりとはわからなかった。

ヒト型より手足の長い、まるで大きな鳥のような影を持つその物体は、降下ユニットを上回る大きさだった。こんなものが衝突すれば、中の人間はひとたまりもないだろう。

「パメラ人が事象の地平面に落ちたという例の事故、原因はこれだったのね」

「イオ君は何か見たと言ってませんでしたか?」

「いいえ。……でも、ネズミに見られた気がしたって言ってたわ。目が合ったとかではなく、そんな気がしたっていう程度の話だけど……」

スグルは頷くと、端末に何かを書き込んだ。「次回の深度はもっと深くなると思います。十分注意してもらわないと」

「ハッチョウヅメの銃で追えるかどうかね」

「トード号やGスーツのバージョンアップと一緒に、銃撃ユニットの中も最新式にしておきますよ。大丈夫。ミス・シンイーのスコアは全探査船中ナンバーワンなんですから。あなたで駄目なら、他の船は全部、事象の地平面に落ちてしまうことになる」

スグルは自分が言ったことの不吉さに気づいてもいなかったけれど、私の胸のざわつきは少しも衰えることなく続いていた。

いま見たあの映像は何なんだろう。私たちはいったい何と戦っているのか。

9

「初仕事はどうだった？　疲労困憊《こんぱい》という感じだな」

笑顔で出迎えたトリッシュを、あのときほど憎いと思ったことはない。

ほんの短い訓練潜航――。私はまさしく疲れきっていた。体が重いのとはまったく違う不思議な感覚。全身の体液が蒸気になって飛んで行ってしまいそう。

「Gスーツが体感重力を調整してくれてるはずだが、それでも最初はそんなもんだ。じきに慣れる」

トリッシュは私のヘルメットを受け取ると、トード号のほうを顎でしゃくった。

振り返った私の目に飛び込んできたのは、イオの無邪気な姿だ。連絡橋の柵を指でなぞりながら、ノーマン号のテーマソングを口ずさんでいる。足取りは軽い。

ショックだった。イオは私なんかよりずっと強い重力加速度の洗礼を受けていたはずなのに、すでにホライズン・スケープの重力に対処して適応していた。名門狩人の血筋、ヒルギスのレイ家に生まれた私が、あんなか細い男の子に負けるなんて。

「あいつはもう何度も、もっと深い場所まで潜ってるんだ。気にすることはない」

トリッシュと歩いている途中で、イオだけがスタッフに促されて別の部屋に入っていった。また後でと、向こう向きで手を振り去っていく。

「一応、念のためだ。浅い場所だとはいえ、何か情報を捉えたかもしれん」

トリッシュはそう言うと、私の背を押して、通路の先へ促した。

パメラ人の子どもたちは潜航から帰ってくると、まず情報分析部の研究棟《ラボ》に通され、前後脳に引っ掛かっている情報を洗い流される。間を空けると、ホライズン・スケープがいる時空の干渉を受けて、無意識の領域に蓄えられた情報の正確性が失われてしまうらしい。


イオが検査をしている間、久しぶりに「生きた」動物性タンパク質にかぶりつく。スナジカほどではないにしても、連邦産牛肉の焦げた肉汁の味わいは、Gミールなんかとは比べ物にならない。

すでに三本スペアリブを平らげたのに、まだ左手がテーブルの上を這っていく。経験したことのないエネルギー消費だったんだろうけど、食い意地が張ってると思われるのが嫌で、皿に到達する寸前、右手で左手の甲をぴしゃりと打った。

何も知らない人間にとってはセンスのないコメディだけど、私にとっては、これが日常だ。何となくだけど、睡眠や食事の場面など、より本能的になってるときに、左手が勝手に動き出す気がする。

ブリーフィングルームが塞がっていたので、トレーニングルームのテーブルを壁際に置き、臨時の作戦本部にした。そこはトード号に乗り込むための、あらゆる訓練をこなした部屋だった。遠心力《セントリ》発生装置《フユージ》を思い出して、スペアリブの肉汁が逆流しそうになった。

「大物は見つかったか？」とトリッシュ。

私は口元を拭うと、首を振った。「話が違う。黒い影みたいなのが何匹か、弾を当てたら溶けて消えた」

あのろくでなしどものせいだと思った。出発する直前、ハッチョウヅメの銃に、たっぷりガンオイルをぶちまけてくれた連中。おかげで全部のまじないが解けてしまった。せっかく焚いた香も、燻《いぶ》した煙の煤《すす》すら取れては、猟果が劣るのは当然だった。

私にまとわりつく好奇の目は相変わらずで、特に狙撃手連中からの子どもじみた嫌がらせが、最初の顔合わせの後から、ずっと続いていた。

たぶん、自分より下の立場を作って安心したかったのだろう。銃を撃つこと以外、何の取り柄もなさそうなガサツな連中だし、それに、初対面にもかかわらず祖父さまのことを侮辱したアルビスといい、ずぶずぶと奈落に落ち込んでいくだけの自分の人生を、少しでもましに見せてくれるターゲットを、彼らはずっと探していたのではないか。

「どっちにしろ、あの深度のネズミは、だいたいそんなもんだ」と、トリッシュは苦笑した。「でも、全部仕留めたのは偉い。初仕事だと、たいてい何匹かは仕留め損なうもんだがな」

馬鹿にしないで欲しかった。こっちは物心つく前から短銃一挺で獲物を狩っていたのだ。トリッシュと故郷を離れるころには、大人たちに混じってハッチョウヅメの狩りにさえ同行していた。

ハッチョウヅメはシンプルに言って、沢蟹《さわがに》の化け物といった見た目をしている。手足を除いた体の幅だけでおよそ五メートル。外骨格で体を支える生き物としては、限界ぎりぎりの大きさではないだろうか。その外殻は強靭で、敵と見るや押し潰そうと走り始めるから、さすがに子どもが単独で狩るのは不可能だ。大人でも倒せるのは限られた人間だけ。

コツは、体を覆う外殻ではなく、関節の隙間を狙うこと。全部で八本ある脚のうち、七本を撃ち抜いてようやくハッチョウヅメの突進は停止する。並みの撃ち手だと突進を止める前に跳ね飛ばされて一巻の終わりだ。

「なるほど。貴重な銃なんだな、それは」とトリッシュが私の背中の銃を指さした。父さまの使っていた銃。ハッチョウヅメの強靭な甲殻を使っているおかげで、どれだけ連撃しても銃身が燃えることはない。

宇宙で狩りをしなければならなくなって困ったのが、仕事にどの銃を使うかだった。銃の機構自体は電磁誘導を利用したものがトード号の銃座に固定されているけど、トリガーやグリップを含めたガンピットの銃身部分は、父さまから受け継いだハッチョウヅメの銃を流用できるように改造してもらっていた。祖霊の守護があればこそ、射手《アーチャー》は比類なき最高の狩人でいられるのだ。

「ともかく良くやった」と、トリッシュが私の肩を叩く。ふわっと煙草の匂いが香る。

私はまんざらでもないという表情で肩をすくめる。入門篇と言っていい最初の潜航は、高重力で疲れたことを除けば、つつがなく終えることができた。ただ、ヒルギスで狩りをしていたときとは明らかに違う緊張感に戸惑ったのも事実だ。

そのときまでの私は、私を殺そうと襲いかかってきた動物に銃を向けたことは何度もあったけれど、他の人間を襲撃する動物を撃ったことは一度もなかった。ベクトルが違うと、こんなにも射撃の性質が変わってしまうものなのか。

これから深く潜るようになり、ネズミの強さが増せば、私の指先一本に、イオの命が託されることになる。外すことは絶対に許されない。大物かどうかは二の次だ。

ただ、どうにも気になることがあった。いったい、あのネズミってやつが何者かってことだ。

「正確にはわからない」とトリッシュは言った。「だが、ダーク・エイジの放射であることは間違いない。それも、お前たち加速する観測者《アクセラレーター》だけが出会う類の」

私たちが事象の地平面の近くに留まろうとしない限り、ネズミどころか放射さえ、ほとんど現れない。つまり重力に引かれてただ落ちるだけの自由落下者《フリーフォーラー》は、ダーク・エイジにまとわりつく大気を見ることもなく地平面を越える。どうしてなのって思うけど、物理学的にそうなんだから仕方がない。

「フリーフォーラーが地平を越えるときには、地平の向こうに落ちた仮想粒子も同時に観測することになるからだ」とトリッシュは言った。「だから、仮想粒子は即座に対消滅できて目に見えない」

「自由落下してる人が地平を越える前はどうなの？　どうしてネズミが見えないんだろう」

「等価原理さ。自由落下すると慣性力と重力が釣り合って、無重力と区別がつかなくなる。つまり、フリーフォーラーと、宇宙空間にただ浮いてるやつの物理法則は完全に『等価』なんだ。事象の地平面近くだろうと、それは変わらない。何も特別なことは起こらない。彼らが観測するのはブラックホールの円周の四分の一以上離れられるエネルギーを持った実在の粒子だけで、そんな高エネルギー粒子が揺らぎから飛び出すことは、めったにない」

要するに、基準系によって現実も姿を変えるということなのだ。理解しがたいけれど、これがブラックホール相補性というものだ。まあ、抗らか流されるかで見えるものが違ってくるのは、人間社会でも同じだという気がするけれど。

浮かない顔の私に気づいたのだろう、トリッシュは自分の荷物から幅三十センチほどの薄い箱を取り出してテーブルに置いた。中身はGPシリーズの情報端末《タブレット》だった。

画面に貼られた透明なセロファンを剥がすトリッシュの手を見て、おやっと思った。手の甲に小さなシミが一つ浮き出ていた。

「プレゼントだ。これで勉強すればいい。ダイブのときの、いい暇つぶしになる」

そう言って微笑んだトリッシュの目尻には細かいしわがあって、咄嗟《とっさ》に返事ができなかった。私は視線を逸らした。軽い調整程度の潜航だったはずだ。この程度で時間の流れが目に見えて違ってくるなら、これから私たちはいったいどうなるんだろう?

言葉を失っている私の胸に、トリッシュはタブレットをそっと押しつけた。全部わかってるという感じだった。ただ何も言わず、電源を入れてくれた。

軽やかなメロディーの後、「コンニチワ、シンイー」という女の人の声が聞こえた。タブレットが私に話しかけていた。

「ミス・トードだ、シンイー。君のもう一人の相棒だよ。ひょっとすると、イオよりずっと長い付き合いになるかもな。せいぜい可愛がってくれ。君の要求に応じて、ミス・トードも成長していくから」

やがて、このタブレットのミス・トードが、船のミス・トードへ成長することになる。このころはまだそこらのＡＩに毛が生えた程度の能力しか持っておらず、使い道といえば、私がいまも使っている連邦のライブラリーの閲覧機能など、ごく限られたものだった。

でも、手の中のミス・トードは気の置けない友達のようでもあったし、成長した船のミス・トードは頼れる家族という感じだった。私は両方のミス・トードから本当に多くのことを学んだ。アクセラレーターとしての基礎的な知識だけでなく、身の回りのことや、本来なら友達や家族から教えられるようなことまで。

でも一番驚異的だったのは、それらバラバラに見えた知識が一つにつながっていた点だった。例外はない。余すことなく全部だ。

それは「科学」と呼ばれていた。

ヒルギスの「旅立つ狩人の背中を見てはならない」という掟は、ヒルギスでしか通用しない習わしだった。あるいは、文明的なはずの連邦の人間たちが、食事のマナー一つを取って、文明的だの未開人などとやり合うことがあったけど、これもまた、その人間が育った特定のコミュニティーだけで通用する慣習でしかなかった。当事者たちが、どれだけ厳密性があると信じていたところで、そんなものは、ところ変われば何とやらである。

でも、科学は違った。科学はヒルギスにいても、あるいはホライズン・スケープにいても同じように正しい。それこそ、宇宙の端まで行っても、まったく同じ意味において科学は正しいのだ。

それが凄かった。科学を信じていれば、齟齬が起こるはずもない。たった一つの基準があるのだから。

でも、ミス・トードやトリッシュによれば、そう簡単な話ではないらしい。文明的な星に生まれていても、科学を理解しようとしない人間はたくさんいる。

新興宗教《ニューエイジ》と呼ばれる集団もその一つだった。科学と折り合いをつけているパメラの宗教などとは違い、一度は滅んだ原理主義的な古代宗教を復活させようという人々。

ヒルギス出身の私としては、彼らを無下《むげ》に扱いたくはないという気持ちも、やはり確かに存在する。アルビスのような人間たちに散々からかわれた狩猟の儀式も、私たちにとってみれば、まごうことなき真実だ。私なんて、いまだにダイブする前に背中を見られるのは嫌なものだし、仕事の前には動物たちの霊を鎮めるために香を焚く――あれが動物《ネズミ》だと仮定しての話だけど。

連邦の人々には験担《げんかつ》ぎにしか見えないだろうが、私たちは旅立ちを見送られた狩人が、オグロサイに八つ裂きにされた現場を何度となく見てきた。ヒルギスソウの煙で燻《いぶ》し忘れた銃は明らかに猟果で劣ったし、呪術師が長征の儀式をすると不思議なことに、集落の人間の腹を満たすに足るだけの動物の群れに、必ずと言っていいほど出くわすのだった。

連邦的に言えば、事故が多くなるのは、験担ぎを忘れたことによる動揺が引き起こした悲劇だろうし、長征では長く歩くのだから獲物に出会うのは当然、ということになる。

でもそれなら、呪術師の祈りが動物の群れを引き寄せるように働くのはいったいなぜなのか。人間の意識は――特に呪術師のような鍛錬を積んだ人間の意識は――ときに現実に作用すると考えたほうが、私には余程わかりやすい。

連邦のライブラリーに面白い記事がある。どこかのもの好きな大学教授が大昔に書いた、主流派の研究者の目には絶対留まらない類の論文だ。

その教授によれば、カーニバルや祭典が行われている土地で複数のボールをバウンドさせる実験を行うと、ボールが跳ねる高さに、平時とは有意な差が現れるらしい。人間の心の動きと連動するように、いつもより高く跳ね上がるボールがずっと多くなるというのだ。

だから何なの？　と言いたくもなるけど、人間の意識の高揚が現実に影響を与えるというのが、筆者の主張だった。

確率はわからない、でも、意識は確かに現実を変える力を持っていると思う。だって、現実に影響を及ぼすこともできない意識なんかに、いったい何の存在価値があるだろう。痛かったり、悲しんだり、ややこしくて面倒くさいだけのそんなものが、自然淘汰の荒波を生き抜けたとは、とても思えない。

だから私は、宗教なんて好きにすればいいと思ってる。だけど、その矛先が他の宗教に向けられると困ったことになってしまう。

ホライズン・スケープにやって来た当初、ゲーイーを右脳に閉じ込めるヒルギスの慣習に難癖をつけたのは、ニューエイジかぶれの査問委員だという噂だった。幸いお咎《とが》めなしだったけれど、よりにもよって、ニューエイジに理解を示そうという私が査問の対象になるなんて、皮肉としか言いようがない。

だいたい、いきなり失格の烙印を押されても、帰る場所なんてないんだから困ってしまう。仕事を全部取り上げられて、繁華街《メインロード》の裏通りで残飯を漁るなんて、まっぴら御免だった。

しばらくすると、トレーニングルームのドアが開いて、イオが姿を現した。浮かない顔をしてるところを見ると、今回も大した情報は見つからなかったらしい。

イオは私たちのテーブルに腰を下ろすと、自分の端末を開いて見せた。

「ラボで聞いたんだ。部隊に戻るんだね」

トリッシュは頷いた。「最初から決まってたことだ。俺は勧誘ノルマもクリアできなかったしな。どうやらお前たちが最後のペアになりそうだ」

端末《デバイス》には「トリッシュ・アークライト」の名前と、広報官《リクルーター》から連邦軍地方部隊への移動命令が表示されていた。アークライト――どこかで聞いた名前だ。

二人きりになると、「トリッシュはアークライト氏族の末裔《まつえい》なんだよ」とイオが教えてくれた。それで思い出した。「暁の疾風《ドーン・ゲイル》」こと、ゲイル・アークライト大佐。〈夜の虹《ムーン・ボウ》〉船団を率いてダーク・エイジを発見した、伝説の船長。

そして、パメラ人を始めとする近隣の文明を辺境へと追いやった「独裁者ゲイル」、その人だった。

10

トリッシュの祖先、ゲイル・アークライト大佐が「暁の疾風《ドーン・ゲイル》」と呼ばれたのにはわけがある。当時の拙《つたな》い航行テクノロジーでシュバルツシルト半径の約三倍地点まで潜り、地平面探査基地《プラットフォーム》建造に必要な機材を運び入れたからだ。

反物質エンジンを限界まで燃やした大佐の船が、ダーク・エイジが作る奈落の壁を駆け上がってくる様は、まるで地平線に姿を現した、暁の光のようだったという。

この逸話と彼の名前をかけて、後の人々が「暁の疾風《ドーン・ゲイル》」という異名を与えたわけだけれど、その実像はベールに包まれたままだ。連邦にとって彼は、この星域で暮らす基盤を作った英雄だし、もともとここに暮らしていた人々にとっては、まさに疫病神そのものだった。

ダーク・エイジの発見によって、宇宙連邦は自分たちより遥かに先行する文明が存在したことに気づかされたけれど、この屈辱の歴史と同じかそれ以上に、パメラ人にとっても、この超巨大ブラックホールが連邦に発見されたことは、恥辱にまみれた記憶以外の何ものでもなかった。

彼らにとって〈夜の虹《ムーン・ボウ》〉船団の到着は流浪の始まりだった。ゲイル・アークライト大佐は、ダーク・エイジ探索の拠点にするため、近傍の惑星系――つまり、パメラ人やいくつかの文明が存在する星々に船団を駐留させ、従わない惑星の住人たちを星系から追い出してしまったのだ。

例えば私の故郷ヒルギスが存在する惑星カントアイネは、おそらく接収に応じた惑星と考えられそうだ。なぜなら連邦のライブラリーには、ヒルギスの伝説とよく似た「太陽を射落とす英雄」という、干ばつを象徴とする神話がいくつも見受けられるからだ。おそらく血は混じり合い、ヒルギスの先祖に、そうした連邦の文化の影響が受け継がれたのだろう。

しかしパメラは違った。未来を読める能力など、連邦の支配にとっては目の上のたんこぶでしかない。だから徹底的に迫害し、故郷の星から追い出してしまったのだ。

そして彼らの、長い流浪の旅が始まった。連邦の迫害から逃れるため、ダーク・エイジの重力圏から離れた、はるか辺境までの旅路。誇り高きパメラ人たちが、どれほど悔しい思いをしたかは想像するに難くない。

しかも、この「乗っ取り」には、いつも決まってキナ臭い噂話が付随する。「民族離散《ディアスポラ》」のどさくさに紛れて、大虐殺《ジェノサイド》が行われたのではないかというのだ。

パメラは皇帝が支配する王国だったのに、この歴史転換期以降、王族の名が歴史に登場することはない。そのことが、ジェノサイドの可能性にある一定の信憑性を与えていた。

こうしたいきさつを知ったとき、私はようやく、イオの苛立ちや葛藤の原因に思い当たったのだった。自分たちは連邦に虐殺された民族の生き残りなのではないかという疑念。そして、それを引き起こした独裁者ゲイル・アークライトの血を引くのが、自分の仲間であるトリッシュ・アークライトだという矛盾。幼い少年の心で、こんなものをすべて受け止めろというのは、まったく酷な話だと私も思う。

でも、この話は相当に眉唾《まゆつば》だと、私は考えている。だいたい、ダーク・エイジ発見当時、〈夜の虹《ムーン・ボウ》〉船団が積んでいた反物質エンジンは、いまの半分も出力がなかったはずだから、シュバルツシルト半径の三倍地点から外宇宙まで抜け出すことが可能だったかとなると、疑問符がついてしまう。「暁の疾風《ドーン・ゲイル》」の逸話さえ、史実というより伝説や言い伝えの類ではないかという気がしてくるのだ。ドーン・ゲイルなんて存在、本当はいなかったんじゃないかと、ふと思う。祖神ゲーイーが実在したとは、誰も思っていないのと同じように、後の時代の人々が作り出した、理想化された象徴のようなものではないかと。

もしそうなら、イオの中でぐるぐるとわだかまる複雑な感情も、きれいさっぱり消えてしまうかもしれないのに。

次の潜航の打ち合わせのためにイオの部屋に向かう道すがら、懐かしくなってトレーニングルームを覗いてみる。

私たちが潜航を繰り返している間に、いつしか特別居住区は撤廃され、ラボも連邦直轄の支部に統合された。案の定、私たちがトリッシュと語らい、汗を流した思い出の部屋は、壁が取っ払われ、吹き抜けのだだっ広いイベント・スペースに様変わりしていた。

連邦の偉い人たちが乗船してくると、ここで式典が行われるわけだ。種族親和の象徴として。かつて、国境が引かれた思い出の場所で。

彼らは何か勘違いしていやしないかと、私でさえ思ってしまう。宇宙連邦では、トップの氏族が置き換わるほど時間が流れた。でも、ホライズン・スケープで働いている人間の中には、まだ特居区の記憶を引きずっている者が少なからずいる。ましてや、加速する観測者《アクセラレーター》をしているパメラ人たちはどう思っているか。イオはまだ、あのころのままの、十歳の少年なのだ。

イオの部屋に着いてみると、イオと同い年くらいの銀髪の女の子がソファに座っていた――パメラの少女だ。私は動揺を気取《けど》られないように、持っている買い物袋をシンクの横に置く。

こうして会っているということは、二人は用意周到に会う約束をしていたということだ。

私たちのような仕事をしていると、今日、明日といった単位の待ち合わせはほとんど意味をなさなくなる。奈落の底で犯した秒単位の操作ミスが、こっちの数週間になるなんてことはざらにあることで、普通に待ち合わせをするような感覚で相手を待っていたら、焦れて頭がおかしくなるだけだろう。

女の子の顔に見覚えがあることも、私の考えを裏付けていた。もしかすると、アルビスとコンビを組んでいた子かもしれない。

ろくな思い出がないのに、ふとあの男のことが懐かしくなる。何しろこの部屋の中は時間が止まったままで、まるで私だけが思い出を覗き込んでるような気分になる。いくらアルビスでも、この不愉快さだけには共感してくれるだろう。

二人は祈禱の最中だったようだ。簡単な祭壇の上に、パメラ人の多くが信仰する創造神の像が置いてあり、胸の前で手を組んで、並んで目を閉じている。

霊妙な雰囲気に遠慮しながら、キッチンで三人分の飲み物を用意する。ショップで買ってきた野菜ジュースを注いだら、こんなときに限って左手が思わぬ動きをして、グラスが派手な音を立てた。まったく、日常生活では何の役にも立たない神様だ。こぼれたジュースをティッシュで拭き取り、クッキーは右手で持ってトレイに載せた。

パメラは厳しい戒律で知られていて、当然、スグルの淹れたコーヒーを口にすることも許されていない。肉も食べない。口に入れるのは新鮮な葉物野菜か、根菜や豆類、それにパンくらいのものだ。

ヒルギスの信仰とはまるで違っていた。私たちが狩りをするのは、もちろん肉を食べるためであり、長征のときなどは文字どおり、血の滴る肉を口にすることもある。

ヒルギスの始祖ゲーイーは戦いの神であり、空腹を満たしてくれる神だ。創造神であるパメラの神はとても観念的で、本当に実在するかといえばやすやすと首を縦に振れないけど、何しろ信仰しているのがパメラ人たちだ。時間の流れを読める彼らが言うのだから、宇宙の最初に本当にパメラの神がいるのではないかと納得させられそうになる。

二人が顔を上げたので、「神様に会ったことがあるの？」と私は尋ねた。

イオは組み合わせた手をほどくと、「ない」と言った。「神は観測不可能な宇宙のギリギリの境界――宇宙の地平面の向こうにいるからね。地平というからには放射があるはずだから、もしそこまで行ってＱＥＴを覗けば何か見えるかもしれないけど……あまりに遠すぎて、現実的にはとても無理」

「じゃあ、どうして信じられるの？」

「シンイーと同じだよ。ヒルギスの神が獲物を射てくれるのと同じように、パメラの神は僕たちに、プランクスケールの感性を授けてくれた。そういう意味でパメラの神も、とってもリアルなんだ。そうじゃないと、僕らだけがこんな力を持っている理由がない」

パメラの子どもたちは、生まれるとすぐに親元を離れ、集団で育てられるという。そんな奇妙な社会構造も、そのプランクスケールの感性とやらが影響しているのではないかと私は思う。だって、粒子の動きをさかのぼれるということは、いつでも昔に戻って、両親に会えるということではないのか。だとしたら、別々に暮らしてたって寂しくなりようがない。小言を言われないぶん、かえって快適かもとさえ思ってしまう。

だからなのか、イオの部屋には家族の写真が一枚も見当たらない。代わりに細部まで描きこまれた宗教画が数枚、額縁に入れられていた。翼がたくさん生えた天使の絵もある。古代宗教の一派が描いた同じような姿の天使の絵をライブラリーで見たことがあったので、パメラの神の歴史も、相当古いものかもしれないと思った。

リビングで野菜ジュースをトレイから降ろし、テーブルに並べる。

「どうぞ」とクッキーを差し出し、少女の横顔を盗み見た。美しい顔だ。丸みを帯びた頰と、黒々とした長い睫毛《まつげ》。銀色の髪は肩でシルクのように波打ち、きめ細かな肌は部屋の明かりのせいなのか、微かに光を放っているようにさえ見えた。自分の手の甲に浮き出た血管が酷く恥ずかしく思えて、慌ててトレイを引き下げる。

「あっ、気をつけてよ」というので振り返ると、棚の模型にトレイが触れそうになっていて、咄嗟に右手で左手を押さえつける。それを見た女の子が不思議そうな顔をしたので、とりあえず笑顔でごまかした。分離脳の功罪をあれこれ説明していては、暮れないはずの人工太陽《アポロ》だって顔を隠してしまうだろう。

イオが気にしたのは、棚に飾ったピンクロン・ノーマン号のスケールモデルだ。ドリルの先端に地殻掘削用の鋭利なプロペラが付いていて、それが髭の生えたモグラの鼻面《はなづら》に見えなくもない。私にも見覚えがあるのは、昔イオがそれをトリッシュと一緒に作っているのを見たことがあるからだ。まったく、私の知っている男たちときたら、何歳になっても子どもっぽい。一方、目の前のパメラの少女はとても大人びていて、花びらのような口をすぼめてクッキーをかじっている。

「美味しい」と微笑んだ彼女の、憂いを帯びた瞳の輝きに私がドギマギし、「降下ポイントを変えようって話が出てるんだけど、意味があると思う？」と、ＴＰＯもへったくれもない質問が口をついて出た。

イオは肩をすくめ、「事象の地平面の情報は、『ここ』という決まった場所に存在してるわけじゃないけど、放射と情報の場所には、何か関連がある気がする」と言った。

「つまり、場所を変えるのは一定の意味があるわけね」

「何か問題でも？」

「飛び出してくる情報に違いがあるかもしれない」

「ヒト型が出るってこと？」と言いながら、イオは女の子のほうをちらっと見た。

おやっと思う。イオが気づかうように誰かを見るのは珍しいことだ。

「もしかして、イオが『見られてる気がした』って言ってたのは、あのヒト型なの？」

「どうだろう……わからない」イオは首を振った。

「あれは本当に人間？」と女の子が尋ねる。

「まさか！」とイオ。「でも、地平面は原理的にあらゆる放射を許してるはずだから、不可能じゃないのかもしれない」

「確率的には、宇宙が何度終わっても現れるはずのない現象……」少女が目を細める。「でも、それって誰から見た確率のこと？　安全な場所にいて、すごく弱いブラックホール放射しか観測しない、理想化された観測者にとっての確率のことだよね。加速してる私たちなら、もしかすると別のものが見えても、不思議じゃないのかも」

「シンイーはどう思う？」

「えっ？」

「僕ら、いったい何と戦ってるんだろう」

イオたちに計算できない確率が、私にわかるはずもなかった。ヒルギスが数えるのは九つの太陽だけ。一〇のマイナス三五乗なんて数字が躍る世界のことなど、想像するのだって難しい。

そんなことより、女の子のことが気になる。彼女が言った「加速している私たち」という言葉が、私の曖昧な記憶を確信に変えた。やはりこの子は、アルビスとコンビを組んでいた女の子なのだ。私たちは少女時代に一度顔を合わせている。

昔会ったことがあるかもしれないとイオに言うと、ようやく気がついたというように、私に少女を紹介した。

「彼女はレイナス。生活共同体《コミューン》からの幼馴染で——そうだよ、レイナスもこの船から潜航《ダイブ》してるんだ」

「お久しぶり」とレイナスが会釈する。「挨拶が遅れてごめんなさい。ついつい忘れちゃうの。みんなが時間的に前だけ向いて生きてるってこと」

「レイナスがシンイーに会いたいって言うから、僕が呼んでおいたんだ」

「私に？　どうして？」

「昔コンビを組んでたパートナーのことで頼みがあるの」レイナスの大きな瞳が、また憂いに揺れる。

「アルビス・ケレンスキー。覚えてるでしょ？　彼を助けて欲しい」

「アルビスを？」

あの男との、決して愉快とは言えない思い出のいくつかがよみがえり、思わず顔をしかめる。それに気づいたレイナスが「お願い」と念を押す。

「何を頼みたいのか知らないけど、彼が納得しないいんじゃない？　私に助けられるくらいなら地平面に落ちたほうがマシって感じよ、あの人」

イオがまたレイナスをちらっと横目で見た。それで私は気がついた。

「まさか、本当にそうなの？」

レイナスが頷く。「この前いなくなったパメラの降下ユニット。一つはアルビスの探査船だったの」

「でも、確か探査船だけは帰艦したんじゃ……」

「アルビスの船は戻らなかったの。彼はパートナーを置いて帰れなかったんだと思う。きっといまも時空のうねりの中で、降下ユニットを見守ってるはず」

私は思わず腕組みをしてしまった。あの男がそんな殊勝な真似を？　辺鄙《へんぴ》な星から出てきた、まだ右も左もわからない幼い少女に暴言を吐くような男が、助かる見込みがないパートナーのために命を投げ出すなんてことがあるだろうか？

「どうしてそう言い切れるの？　もしかすると帰艦途中に遭難したのかもしれない」

「それなら彼が所属するプラットフォームに信号が届いてるはず。こっちの時間でもう何年も経ってるんだもん」

「一緒に地平に落ちた可能性だってある」

「僕らにはわかるんだよ、シンイー」とイオが言う。「長年行動を共にした親しい人間が生きてるかどうかくらいわからなくて、パメラ人が占いで暮らしていけると思う？」

「占いって言ったって……」

「もちろん星や生まれ月、血液型や手相とは何の関係もないよ。関係してるのは、レイナスとアルビスだよ。長く一緒にいることで生まれた特別な相関が、アルビスが生きてることをいまこの瞬間、レイナスに伝えてるんだ」

匂いと記憶に似ている――とふいに思う。トレーニングルームに置き忘れられたトリッシュのスーツ。染み込んだ煙草のいがらっぽい匂いが、共に過ごした幼い日々の記憶に、私をいざなう。あれは、時を超えて、あの時空と直結したとは言えないだろうか。

でも——。

「私にできることはない。そもそも、上の許可が下りるとは思えない」

加速する観測者《アクセラレーター》は割りきって仕事をしている。自分を助けるために、場合によっては人生の五年や六年を棒に振りかねないような真似を、他人にして欲しいとは思わない。重力に浸かるとき、最初に頭に叩き込むのがそのことだ。この時空にいるのは、私たちだけだという覚悟。アルビスだって同じだろう。

連邦にしたって、事故が起こるたびに人員を送り込んでいたら、いつ人的投資を回収できるかわかったもんじゃない。そもそも、あの時空のうねりの中で、他人に手を貸せると思うほうが間違っている。

「でも、アルビスだけなら助けられるはず」レイナスが思いつめた表情で言う。「彼の探査船は戻れる深度にいるんだから。彼だけなら」

「探査船だけってこと？　それって——」

「わがままだってことはわかってる。でも、普通の人には不可能なことも、あなたなら可能にできるかもしれない。ダーク・エイジ星系最高の狙撃手なら、最悪の事態から最良を引き出せるかも」

レイナスの上ずった声が、私の中に眠っていた記憶のスイッチを押した。連邦査問委員会——それが、私が昔レイナスと顔を合わせた場所だ。

トリッシュに宇宙に連れてこられてまだ間もないころ、彼と私は査問委員会の呼び出しを受けた。別に私が何か規律を乱すようなことをやらかしたわけではなく、まだ幼い私が、まるで身売りのような形で連れてこられたことと、私が射手《アーチャー》になったやり方――つまり、分離脳を人為的に作り出すというヒルギスの伝統の是非を問うためだった。

もちろん、私は自分の意志でヒルギスを出ることを決めたと証言した。父さまと祖父さまの名に懸けて、そんな不名誉なそしりを受けるわけにはいかなかった。

射手の儀式については、何を問題にされているかも、上手く理解できなかった。

命を落とすこともあり得る？　でも、現に私は生き抜いた。限界を超えることで強くなる可能性があることを、他人がいったい何の権限があって止めさせようというのか。

一人の命も失いたくないのなら、全員が一斉に銃を撃つようなやり方をすればいい。下手な鉄砲も数を撃てば当たるだろう。ただし、父さまや祖父さまのような、人智を超えた射手もまた生まれてはこない。巨大なオグロサイやハッチョウヅメに弾き飛ばされて、月を仰ぐのが関の山だ。

そんなふうに主張した私の剣幕に面食らった査問委員の顔を、いまでもよく覚えている。そしてあの委員会の待合室に、レイナスとアルビスもいたのだ。

同じ日、彼らも委員会に呼び出しを食らっていた。当時は理解できていなかったけど、いまにして思えば、あれは二人の関係性についての査問だった。決して許されるはずのない関係性についての。

アルビスの命乞いをするレイナスの表情を見れば、この子が査問委員に何と答えたかはおおよそ見当がつく。アルビスがそんなことをしたとは思わないけど、問題を鎮静化させるため、二人のコンビは解消されたのだろう。ある時期からアルビスの姿を見なくなったのはそのせいだ。彼は別の地平面探査基地《プラットフォーム》に移動させられていたのだ。

どんな関係性であったにせよ、二人の仲は引き裂かれた。私にとっては数十年前に起きたこと。連邦にとってはさらに昔、すでに歴史に埋没してしまった、取るに足らない出来事だろう。でも、レイナスにとっては、ほんの数か月前に起こった出来事なのだ。彼女の中にはまだ、アルビスに対する強い気持ちが残っている。

パメラが感じる特別な相関というのは、時間も超えるのだろうか？——だとしたら、彼女と私はよく似ている。どちらも自分の気持ちを違う時空に置いたまま、ここで並んでクッキーをかじっている。

11

アルビス・ケレンスキーが、なぜ幼い私につらく当たったのかを、いまさらながら考えてみると、「女、子どもは、男に守られるもの」という、ニューエイジですら吐いて捨てるような超古典的思想があっただけでなく――一〇〇Gを超える環境下では、人間ごときの腕力の優位性なんて何の足しにもならない！――やはり、トリッシュとの関係性を思わずにはいられない。

ダーク・エイジ到着から現在まで、変わらぬ権威を示してきたアークライト一族に対し、同じく古い一族であるにもかかわらず、ケレンスキー一族は表舞台から姿を消してしまった。

栄枯盛衰は世の定めだけれど、アルビスは忸怩《じくじ》たる思いだったろう。かたやリクルーターを務めた後に、地方部隊の司令官という出世街道。それに引き換え自分は、世界から忘れ去られる運命の狙撃手暮らし。待遇の違いに不満が募り、トリッシュにぶつけられない怒りの矛先を私に向けたというのが一番ありそうな話だ。

アクセラレーターが同じ時空で顔を合わせるなんて、めったにないことだけれど、不思議と私とアルビスはよく艦内で出くわした。

あれはたぶん、居住区のレセプションルームで開催されたトリッシュの送別会だったと思う。アルビスはバルコニーのそばで一人、グラスを傾けていた。

トリッシュは壇上でホライズン・スケープの偉い人たちと話をしていたし、誰も知り合いのいない私は、図らずもアルビスと並んでその光景を眺めることになった。

イオの姿がなかったのは――おそらくそういうことだろう。パメラ人の特別居住区があった時代のことだし、もしかするとパメラはレセプションルームに足を踏み入れることさえできなかったのかもしれない。

アルビスはトリッシュの実戦経験のなさに不満を漏らしていた。

それから「お前はどう思う」とアルビスは珍しく私に意見を求めた。

私は何も答えなかったけれど、司令官をするならアルビスよりトリッシュが適任だと思っていた。

アルビスは確かにヒルギスの射手《アーチャー》になってもおかしくないほど銃の腕前は確かだったけど、どこか投げやりな感じがあって、それが子ども心に苦手だったのだ。

アルビスは、「何でお前は狙撃手なんかやってるんだ」と私に尋ねた。

彼はヒルギス人について何も知らなかったのだろう。私が「大物を狩るため」と答えると、息が詰まったような表情になって、それきり黙りこくってしまったのだった。

それが普通の答えではないと、いまならわかる。パメラの子どもは事実上、国を取り戻すための人質として、プラットフォームへ連れてこられた。狙撃手をやってる人間だって、まともな人生から足を踏み外して首が回らなくなったような連中がほとんどだ。支配氏族からドロップアウトしたアルビスしかり、それ以外稼げる道がないヤクザな連中しかり。気づけばダーク・エイジという死の淵を、くるくる回り続けるしかなくなった人たちばかり。

それなのに、大きな獲物を狩るためにやって来たというヒルギス人の子どもは、アルビスの目には――あるいは他の誰の目にしろ――さぞかし奇異に映ったことだろう。

アルビスは結局、トリッシュへの挨拶もそこそこに、レセプションルームから出ていってしまった。思えば、あの後ぐらいからではなかったか。彼が私を見るにつけ仕掛けてくる、面白くもない嫌がらせが増えていったのは。

アルビスが部屋を出ていったときの、憂いを帯びたトリッシュの表情を覚えている。

あの後、二人は話ができたのだろうか。もしあれきりになってしまったのなら、二人の断絶を決定づけてしまったのは、私の無邪気な野蛮さだったのかもしれない。

トード号は一路、らせん軌道を滑り下り続けている。今にも泣き出しそうなレイナスの顔を思い出して、ガンピットのスロットルを勢いよく開放する。

ただし、時空の傾斜をうまく利用してやらないと、加速がつきすぎて止まれなくなる。らせん軌道の縁を削るように、数メートル単位のずれも許されない、実直な航行技術が求められる。もちろん、ミス・トードがついてるから、私のやることなんて、たかが知れてるけど。

「シンイーは断ると思っていたよ」とイオが言った。

「あら、パメラの予知能力も大したことないのね」

「ううん。断らないのはわかってた。でも、そんな決断をするのが不思議だったんだ」

「レイナスの気持ちがわかったから」

「彼女の？」イオは小首を傾げた。「僕にはわからないな。想像はするけどね」

「あんたも、まだまだってことよ」

「なんかシンイーが予知能力者みたいだね。僕に見えないものが見えてるみたい」

イオが分厚くなったGスーツに苦労しながら寝返りを打つ。深く潜るためだから仕方がないけれど、ダイブのたびにスーツの厚みが増していくように感じる。

おまけに今回は、経口耐重力薬《Gピル》まで新しい耐重力製品製造業者《メーカー》のものに取り換えられた。ますます強くなっていく重力加速度に対抗するためだとはいえ、イオはまだずっと十歳のままだ。骨の成長に何か影響がありはしないかと心配になる。

「新しい艦長、意外と簡単に書類にサインしたね」

「そうね。私たちの日ごろの行いが良かったせいかも」

上の許可を取り付けるのは、考えていたほど難しくはなかった。ちょうど降下ポイントを変更する予定になっていたから、次の仕事で潜る場所を、アルビスの事故が起こった領域に指定しただけだ。

何が起こったのかが明らかでない以上、そんな領域は進入禁止にするべきだと思うけど、探査船が無事かもしれないことが伝わるや、私とイオの潜航許可が下りた。もしかすると、アルビスが乗っていたのは、まだおろしたての最新探査船だったのかもしれない。

それでも、トリッシュなら絶対に反対しただろう。いくらトード号や装備の能力が向上しているからといって、巨大なネズミが出現するかもしれない時空に、いきなり潜航するのは高いリスクが付きまとう。

私たちの日ごろの行い——要するに、仮想実体《ネズミ》を撃退する能力——は、そんな不利を凌駕すると連邦が判断したのか、あるいは潜航も十回に近づこうとしているトード号なら、破壊されたとしても腹は痛まないという計算なのか。

真相はわからないけれど、イオの様子を見る限り、用心は必要だろうが、それほど心配する必要はないという気がしてくる。出航時に歌うピンクロン・ノーマン号のテーマは相変わらず上機嫌だったし、いまも申しぶんなく落ち着いている。

もちろん、危機的状況が待ち受けているときにパメラ人がどういう状態になるか私は知らないし、もしかすると知ったときにはすでに引き返せない場所まで足を踏み込んでいるのかもしれない。自分に関する予測は甘くなる、というやつだ。そうでなければ、予知に等しい能力を持つ彼らが、二人も続けて地平に落ちるなんてことにはなるはずもないのだから。

予定していた降下ポイントに近づき、ミス・トードが噴出ノズルを垂直噴射形態へ移行させる。

問題はアルビスたちがダイブした地点の正確な座標だ。彼らが潜航計画書どおりに行動していれば、見つけられる可能性はゼロではない。不安定な時空の中で、座標がどれほどの意味を持つかわからないけど、ないよりはましだと思う。

でも、もし無視していれば望みはない。経度、緯度、深度に加え、刻一刻と変化するダーク・エイジ近傍の時空構造を正確に解析することは、いくらミス・トードが優れたＡＩだとはいえ、不可能だ。それぐらい、ブラックホールの時空構造は危うい。厳密にいえば、トード号が侵入することによってさえ、ダーク・エイジ近傍の時空構造は変化してしまうのだから。

それでも、通常のブラックホール――例えば銀河の中心領域に多く見られるようなビリオン標準太陽質量規模のブラックホールを解析することに比べれば、ずいぶんと楽な話らしい。なぜなら、そうしたブラックホールの多くは自転しているからだ。中にはほとんど光速で回転しているものもあるというから、その周囲の時空の巻き込まれ方ときたら想像を絶する。

一方、ダーク・エイジの回転速度は、ほとんど無きに等しい。だから、時空の巻き込み方も極めて大人しく、おかげで私たちは船を走らせることができる。

この回転速度の遅さが、ダーク・エイジが人為的にコントロールされた天体であることの一つの証明だと考えられている。容易に地平を越えるための、これもまた一つの工夫というわけだ。

ブラックホールは理論上、爆縮前の角運動量を引き継いでいる。だから、両極で起きるジェットの放出などでエネルギーが失われるにしても、やはり高速で回転しているのが自然な形なのだ。それがほとんどないというのだから、ダーク・エイジはやはり手付かずの天体だとは考えにくい。

連邦の見立てでは、ブラックホールを育てるのと同時に、角運動量が失われる方向に様々な物質を放り込んだのだろうということになっている。そんな用途に使えるのは惑星や恒星規模の物質だろうから、現人類に先行して存在した文明の水準が極めて高かったのは明らかだ。そしてまた、それほど高い文明を持っていたからこそ、〈門《ゲート》〉を作れたのではないかという期待を、連邦が抱くことができるのだけれど。

突如ビープ音が鳴り響き、衝撃で私たちは座席のあちこちに身体をぶつけた。

「時空段差《ギャップ》が発生しました。安全のため、進路変更します」ミス・トードの声に続いて、船体が緩やかに傾く。

外部モニターに目をやると、深紅の煙が地平方向に吹き下りているのが見えた。どうやら小惑星かそれより少し小さい規模の天体が地平に飲み込まれつつあるらしい。煙がうねうねとねじれながら、垂直にその巨体を成長させていく。

赤い入道雲《サイクロプス》だ――と私は思った。見慣れた積乱雲とは向きが逆だが、よく似ている。

ヒルギスの砂漠にも年に数回スコールがあったけれど、その兆しとなる一つ目の巨人《サイクロプス》は破壊的な土石流と、大地を潤す恵みの雨の象徴として、疎まれると同時に尊ばれていた。

実のところ、サイクロプスと私たちの祖神ゲーイーは、もともと同一の神様だったのではないかといわれている。雨をもたらす雲と、干ばつを治めた英雄という意味合いに共通点があるし、弓の狙いをつけるときは目を眇《すが》めて片目になるというわけだ。

モニター上では、そこらの惑星ぐらい飲み込むほど大きい雲が真っ赤に色づいていて、まるで憤怒の化身のように見える。その怒りが消えるのに、あと数時間は必要だろう。ブラックホールだって、一度に際限なく物質を飲み込めるわけではない。

「見て、シンイー！」

イオが指さした外部モニターに目をやると、真っ赤な雲が拡大表示されていた。ぼこぼことした岩肌のような雲の壁面を背景に、よく見ると何か黒い粒のようなものが空間に浮かんでいる。

「ミス・トード、Bモニター拡大。雲柱の根っこのほう」

「デブリじゃないね。あんなところに浮かんだままなわけないし」

もしかすると、アルビスの探査船だろうか。だとしたら相当悪運が強い。このタイミングで天体が地平に落ちていなければ、私たちにあれを見つけられるはずはなかった。

ただ、燃料タンクを持つ探査船にしては小さすぎる。メーカーや船種は違えど、反物質エンジンに使う材料を詰めた巨大タンクは、もはや探査船共通のシンボルになっている。

「ネズミかしら……でも、周りに降下ユニットも探査船も見当たらないし」

単独で散歩するネズミなんて聞いたことがない。

ミス・トードの補正が終わり、モニターが拡大表示される。輪郭が荒い。明度を上げているのに、奈落は暗く赤茶けていて、細部を見分けられるほどではない。

でも、私たちはすでに、これによく似た光景を目にしたことがあった。最新式のGP40——スグルが見せてくれた端末《デバイス》で。

「シンイー……ヒト型だよ、これ」イオの声が掠《かす》れる。

「それに見て」私はモニターのわずかに明るい点を指先で触った。「熱源反応……垂直方向に光が伸びてるわ。降下ユニットよ」

「どういうこと？」

「ヒト型がしがみついてる」

まさか、こんな奇妙な瞬間を目の当たりにするとは思っていなかった。そう、瞬間だ。一瞬の出来事だ。

ヒト型がしがみついているように見えるのは、ダーク・エイジが見せる時間伸長のマジックのせいでしかない。奈落の底ではいままさに、降下ユニットがヒト型と衝突したところだ。――私たちは間に合わなかった。

仲間を失った悲しみより、畏怖に似た感情をより強く感じてしまうのは、私がヒルギスの血を引いているからだろうか？　仲間を肉食獣に襲われたスナジカは、逃げることなくその光景を少し離れたところでじっと見つめる。何か荘厳な神の儀式が、目の前で行われているかのように。

でも、私は草食獣じゃない。ヒルギスの射手《アーチャー》だ。肉食獣にも負けない牙を背負い、砂漠を行く狩人である。

「ミス・トード、進路を戻して。全速前進！」

「どうする気!?」イオが加速に備えて歯を食いしばる。

「できるだけ、あのヒト型の上空に近づいて！」

時間の沼に沈みそうになりながら、トード号が雲の方角へ滑っていく。

私はガンピットに体を固定し、ハッチョウヅメの銃を脇に引き寄せる。スコープは正常。外部モニターとリンクした映像の中に、ヒト型の姿をはっきりと捉える。

「これ以上無理です、シンイー。予定深度を越えると時間に重大な齟齬が！」

「ＯＫ、止めて！」

イオの小柄な上体が、座席の上でマリオネットのように前後に揺さぶられる。それを横目に感じながら、私は左手の指をそっと引き金に添えた。何としても、破壊の瞬間に私の弾丸を割り込ませてやる。ただで仲間を連れていかせはしない。

一瞬の静寂のあと、排莢の衝撃を左肩に受けて、私は自分がたった一つの世界線の一部になったことを知る。

針穴に糸を通すような指の動きだ。AIの解析能力すら凌駕する銃撃を、私の右脳に宿る神は可能にする。そこに私の意志が入り込む隙間はない。

ゲーイーが放った弾丸が、奈落の淵を滑り落ちていく。その遥か下では、降下ユニットの破壊がゆっくりと始まっている。船体はひしゃげ、やがて制御を失って墜落するだろう。その瞬間を見送る時間的余裕は、私たちにはない。

時空に貼り付いたまま死を迎える小さな命に黙礼を送り、目を切ろうとしたそのとき、降下ユニットにしがみつくヒト型の横顔が見えて悲鳴を上げる。

「どうしたの、シンイー!?」

「顔――ヒト型の顔が!」

「顔?」イオがモニターに顔を寄せる。「……わからないよ、シンイー。よく見えない」

私はスコープを覗き直し、恐る恐る目の焦点をヒト型に合わせる。でも、ユニットの角度が変わったのか、ヒト型の顔は荒い粒子にまぎれて確認することができなかった。

「何があったの、シンイー。顔が真っ青だよ」

寒くもないのに体が震えて、私は警告音が鳴るのも構わずバイザーを持ち上げた。空気が欲しい。もっと新鮮な空気を、たくさん。

赤い入道雲が見えなくなるほど遠く離れても、胸のむかつきはなかなか治まらなかった。イオが持ってきてくれた温かいタオルを両目に押し当て、そのぬくもりが身体に染み渡っていくに任せる。あれは――アルビスだった。記憶の中の顔よりずいぶん年を取っていたけれど、散々嫌味を言われて、睨《にら》み返したから忘れようがない。

イオがミス・トードのデータを引き出して確認してくれたけど、一番鮮明な映像でも、それが人間の横顔に見えるくらいで、目鼻立ちなどは荒い画素が邪魔して判別するのが不可能だった。

でも、私は見たのだ。おそらくゲーイーの目を通して、あのヒト型がアルビスの面影を宿していたのを。うねる時空の狭間を突いて、私のことを見ていたのを。

12

任務を続けるのが難しくなって、ダーク・エイジの重力圏から引き返す。

酷く気分が悪い。こんな気持ち、父さまと母さまが死んだ、あの戦争以来のことだ。

イオは、あれは間違いなくネズミだったと私を慰めてくれたけど、感覚を取り戻した左手の指先に、確かに誰かを撃ち抜いたという記憶がべったりとまとわりついていた。まだ現実には起こってもいない出来事だというのに。

祖神ゲーィーは、こんなときに限って何の役にも立たない。銃を撃つだけ撃ったら、痛みは全部私に押しつけて、知らぬ存ぜぬで無意識の奥底に引きこもっている。

イオの慰めが気休めにしかならない理由が、もう一つある。あのパメラの少女――レイナスの感覚だ。

あの子はアルビスが生きていることに何の疑いも抱いていなかった。にもかかわらず、あの領域に探査船の姿はなかった。そして、唯一存在していたのがあの人影なら、あれをアルビスと考えるしかない。

「冷静に考えてみてよ」とイオが言う。「生身の人間が、ダーク・エイジの重力に逆らって飛べるはずない」

「Gスーツを着ていたとしたら？　最新のスーツのエンジンを使えばコンマ数秒、あの時空に留まれるかもしれない」

「まだ、そこまでの性能はないよ。それに、あれがGスーツを着てるように見えた？　僕にはせいぜい、手足があることぐらいしかわからなかったけど」

「だったらレイナスが感知してたのは何だったの？」

「それは……」

イオが焦点の合っていない、遠い目をする。

「……僕にはわからないよ。ダーク・エイジ近傍のことは、あの場所にいなきゃ何もわからない。あそこから外宇宙に漏れ出てくる放射の温度は、たった三ケルビンにも満たないからね。レイナスみたく、アルビスと親しかったなら別だけど」

イオは私のために嘘をついているのではないかと疑う。ダイブ中、本当は何かを予知したのではないかと。私の放った弾丸が、アルビスを撃ち抜くビジョンを見たのではないかと。

ただ、あのときイオは量子《Q》もつれ《E》望遠鏡《T》を覗いてはいなかった。予測に使えたのは、ミス・トードが提示した不鮮明な補正映像だけだ。あれでは確かに、ヒト型がどんな顔をしているかなんてわかるはずもない。

だったら、私が見たあれは何だったんだろう――。

やはり、ゲーイーの意識だろうか？　右脳というブラックボックスが解析した、現実の断面？　思えば、あのアルビスの面影に時間的な流れはなかった。時が止まったような一瞬の印象だけが鮮烈に脳裏に焼きついている。

あれはパメラ人にはない、空間を認識することに特化した、左右に分かれた脳の特性が見せた映像だったのだろうか？　それとも、私の過去の記憶がトラウマとなって、現実に投影された結果なのか？　あるいは、よくある思い込みや錯覚の類？

くたくただった。何かを考えるのも億劫《おっくう》だ。

私はミス・トードに操縦を任せると、目をつむり、眠りに飲み込まれる。

「いいよ、シンイー。寝ずの番なら任せといて」

イオが背中を優しく叩いてくれる。なんだか、昔に戻ったみたいに。

ホライズン・スケープに戻ると、珍しく出迎えがあった。スグルも来てくれていて、また少し老けたみたいだった。でも、いつもの帰艦時ほどではない。私たちが光子半径内にいたのは、ほんの数時間に過ぎない。トード号で亜光速航行したことによる時間遅延は数年に留まったはずだから、こっちでも、歴史に影響を与えるような何かは起こっていないはずだ。

デッキを歩きながら、出迎えの人々を見渡す。半ば予想していたことだけど、レイナスの姿は見つからなかった。胸が苦しくなる。何をどう伝えればいいのか。

ダーク・エイジから持ち帰った映像を情報分析部の解析班に回す。結果が出るまで丸一日かかると連絡が来た。

しばらく一人になりたかった。

部屋に帰り、アンダーウェアを脱ぐのも億劫で、そのままベッドに横になった。しかし、高重力の睡眠に慣れた体では浮遊感が勝って寝つくことができず、何度も寝返りを打った。すると、アルビスとのあまり愉快でない思い出がよみがえり、そんなふうに感じる自分に嫌悪感を抱いた。

ベッドから起き上がり、熱いシャワーを浴びた。

左腕が急に汚らしいものに思えてきて、ボディーソープを泡立てて何度も洗う。そのくせ、いままで何度も助けてもらったことを思い出して胸が痛くなり、右手で左手の強張りを揉みほぐした。

やはり、このままここに一人でいたら、悪いことばかり考えてしまいそうだ。

メインロードの店は開いてる時間だろうか？　浴室のタイルに埋め込まれたデジタル時計を眺め、時間なんて存在しないという物理学者の言葉を思い出した。

私の考えは逆だ。この世界は時間で成り立っている。

もし本当に時間が存在しないなら、私たちの気持ちが一つの時間に留まり続けようとすることを、どう説明すればいいんだろう。

メインロードはホライズン・スケープの円周約十六分の一を占める巨大な繁華街で、機関部と住居スペースを除けば最大規模の設置容積を誇っている。

一般的な都市で見かけるような店舗は網羅されているけど、ファッションやアートの分野で多少とは言い難いほどの時間的遅れが生じることは、ホライズン・スケープがシュバルツシルト半径のおよそ三倍の距離を周回していることを考えればやむを得ないだろう。

メインロード三丁目の花屋は、そうした流行とはまったく無縁の店だ。レンガを模した野暮ったいタイル素材で外壁を飾り、何の変哲もない花束を長年作り続けている。

でも、それがいい。普遍的な価値観が存在し続けることが、時空を横断しながら生きる人々を、かろうじて一つに結びつけてくれる。

店員にユリとキンセンカを加えたブーケを作ってもらい、ホライズン・スケープ中心部に通じるエレベーターに乗る。

トリッシュに会いに行くのは久しぶりだった。ここに本当の墓があるわけじゃないけど、モニュメントだって彼を思い出すためのシステムとしては優秀だ。

なぜ私だったのだろうと、いまでも思う。

確かに惑星カントアイネの中でも、特にヒルギス人は有名な狩猟民族だったし、私はその中でも有数の才能を持つ射手だった。まだ幼く、体が小さかったのも、トード号の燃料を節約するには好都合だったろう。現にパメラ人の多くは、年端もいかない子どもたちを起用しているわけだし。

とはいえ、狙撃ポジションではそこまで質量を気にする必要はないし、降下ユニットを待ってる間に大人になってしまうんだから、体の大きさが主要な選考理由になるはずもない。アルビスなんて、トリッシュよりまだ長身だった。つまり、体の大きさ以外の何かが、私を星の海に引き上げたに違いないのだ。

ホライズン・スケープの中心には機関部があって、そこでは自転用のエネルギーに加え、ダーク・エイジ周回用の動力を得るための、巨大な反物質エンジンが組み込まれている。司令部が入った艦橋《ブリッジ》はその真上にあり、眼下の広場には連邦に殉じた船員のモニュメントが設置されていた。トリッシュの碑もそこにある。

彼の献花台にはまだ花弁の散りきらない、菊とリンドウの生花で作られたリングブーケが供えてあって、五十周忌のセレモニーのときのものにしては新しすぎた。いくら私たちが潜航してる間に科学技術が進歩していたとしても、死なない切り花はまだ開発されていないだろう。

帰り際、司令部の総務課に立ち寄って花について尋ねると、ちょうどトリッシュの奥さんが来船していると聞いたので、アポを取って会ってもらうことにした。

正直言って、ご存命だったことが驚きだった。普通、高重力や亜光速に携わる人間は、同業者をパートナーに選ぶと聞いたことがある。違う時空で生活するとなると、いわゆる「ウラシマ効果」で、あっという間に年齢差が広がってしまうからだ。

トリッシュがかつて結婚していたという話は聞いたことがあったけれど、その人はホライズン・スケープに乗っていなかったし、私は会ったこともなかった。てっきり、パートナー的関係は解消したのだろうと思っていたのだけれど。

トリッシュの奥さんは後日、ホライズン・スケープから離れるぎりぎりのところで捕まえることができた。

船渠《ドック》に併設されたホテルで会ってみると、白髪の品の良い老婦人と形容するのがぴったりの、可愛らしい人だった。

私がご存命と知らなかったというと、「冷眠《コールドスリープ》していたのよ」と彼女は笑った。「あの人が任務に行くたびに、故郷の星の施設でぐっすり眠るというわけ」

驚きだった。確かに時間を埋め合わせるのに冷眠は有効だろうけど、繰り返すと体に相当な負担になる。何度も電子レンジを重ねて使ったら、肉が硬くなるのとよく似ている。

「運命の人だと思ったから」と彼女は言った。「本当はついて行きたかったけれど、民間人をただ乗りさせるほどの余裕はなかったから仕方がなかったの。経済的にも、物理的にも」

彼女の薬指には、まだシルバーのリングが輝いていた。少し隙間のできたリングを親指でなぞりながら、夫人は微笑んでいる。

トリッシュがなぜ私に——カントアイネという、ある意味ちっぽけな惑星の、それもさして大きくもない部族の少女に——たどりついたのか、何か耳にしていないかと私は尋ねた。

彼女は「あなたのことはよく覚えてるわ」と言った。

当時トリッシュは良い人材を求めて惑星系を飛び回っていたから、スカウトした狙撃手はそれなりの数になるはずだ。その中で私を覚えているというのだから、これはとても光栄なことだった。

「違うの。あなたの狙撃の腕が良いから覚えてるとか、そういうんじゃないのよ。私には仕事のことはわからないから」

「なら、どうして？」

「彼はあのころ、クモタカチョウと九つの太陽の少女を探していたの」

「えっ？」

「素敵な話だと思ったわ。命を預けるなら、運命の人が良いに決まってるもの」

13

ラボのモニターに、イオの前後脳が映し出されている。

驚異的な造形だ。ちょうど頭頂部の辺りから大脳が前後に分かれている。

連邦の慣習どおり、額の位置にあるのを前脳、後頭部側を後脳と呼ぶけど、情報処理の順番としては、まったく逆らしい。

「網膜から入力された情報は視床を通って、まず後頭部の視覚野に運ばれる。ここまでは私たちと同じ」

情報分析部の主任研究員ドクター・アティエノ・マリナスは海洋都市エルゲラ出身の二十一歳で、弱冠十八歳でホライズン・スケープの研究部門に引き抜かれた若き天才だ。もちろん、私とは初対面。長年謎に包まれたままだったパメラ人の時間認識の解明に光が見えたのは、彼女の功績が大きいと、スグルが話していた。前言を撤回しなければならない。わずか数年で、歴史に影響を与える人間も、ごくまれに現れる。

「――そこから、頭頂部へ向かう経路と、海馬なんかの、脳の最も古い領域へ向かう経路へ枝分かれするわけだけど、特徴的なのは後脳と前脳、二か所で同時に情報処理が行われることね。脳幹に向かう経路はそのまま後脳から前脳へ情報が流れるんだけど、頭頂部の経路が違ってるのよ。まるで前後二か所からサーチライトを当ててるみたい。私たちが左右の脳で、この世界を描写してるみたいにね。――あっ！」

ドクター・アティエノは額に手を当て、首を振った。

「ごめんなさい。あなたは、また少し違うのよね、シンイー・レイ大尉」

私は気にするなと手を振る。確かに私は左右の脳で世界を認識しているとは言えないかもしれない。射手の儀式で幼いころに脳梁を切断しているから、右脳で処理される情報のほとんどは、私の自意識に上ってこないのだ。

これまで情報分析部のラボには、ときどき制御できなくなることがある左半身のことについて、代々相談に乗ってもらってきた。新任のドクター・アティエノがすでにそのことを知っているなら、改めて説明する手間が省けてむしろ助かる。

「前後だと何が違うの？」と私は尋ねた。「二か所で世界を捉えるのなら、一般的な立体認識と変わらない気がするんだけど」

目でも耳でも、左と右の違う位置で情報を得るから、この世界は立体的になる。左右の差分が奥行きになるのだ。前後の差分を取れば、前後脳も一緒な気がする。

「幾何学的な配置だけが問題じゃないのよ、シンイー大尉」

アティエノはモニターを九十度回転させて縦長にすると、イオの前後脳が私たちの左右脳と同じ位置に表示されるようにした。

「こうしたって、前脳は左脳の代わりにはならない。だって、まったく機能が違うから。私たちの脳は空間の差分を観測するけど、パメラ人の前後脳が観測するのは時間の差分。大事なのは、自分が時間のどの位置に存在してるかってことなわけ」

アティエノがモニターを元に戻す。

「もちろん、空間を認識できないわけじゃないのよ。私たちが物体の位置の変化によって時間を認識できるのと同じようにね。彼らは時間の変化から空間を類推する。時間をたどれば、ものごとの配置がおおよそわかってしまうというような」

「よく聞く話だけど、割れたグラスを見て、割れる前の姿がわかるっていう？」

「というより、時間をたどらないと、割れる前のグラスも、割れたグラスも認識できないという感じかしら。要するに、彼らが時間認識に使ってるのはエントロピーの増減なのよ。ものごとの乱雑さの変化。だから、彼らの前では、どんな複雑性も用をなさない」

大きなドーナツのような機械の中に寝たまま収まっていたイオの体が、電気的な鈍い音と共にゆっくり外に押し出されていく。

「お疲れ様」とドクター・アティエノがブースに声をかける。

「うん」とそっけない返事のイオ。でも、本当は自分の体の状態が気になっていることを、私は知っている。ブラックホールから飛び出す放射を全身に浴びているのだ、船やスーツのシールドで保護されているとはいえ、心配にならないほうがむしろおかしい。

ただ、未来予測が得意なパメラ人にしては不思議な話だ。やっぱり、自分を含む未来予測についてには正確性を欠くのだろう。自分の未来を予測することによって、いまの自分が影響を受けてしまう。すると当然、未来の自分も変化するわけだから。もちろん、この世界自体にイオ自身も含まれているわけだから、何を予測したって、ある程度の誤差は含まれるんだろうけど。

イオはベッドから体を起こすと、八インチ半のスニーカーに足を通した。結構大きいけど、私のブーツを追い越すには、まだ何年もかかる。

私がいることに気づいたイオが、どうかしたのと首を傾げる。コンビを組んでいるとはいえ、部外者がこんな場所までついてくるのは異例だ。私は何でもないと首を振り、思わず視線を逸らした。

私を見つけたのはトリッシュではなく、イオだった――。

数十年ぶりに明かされた事実をどう考えればいいのか、私にはわからなかった。

奥さんの話を信じるなら、トリッシュは優秀な狙撃手を探していたというより、最初から頭にクモタカチョウの刺青がある少女――つまり私を探していたということになる。ピンポイントでそんな情報を与えられるのは、パメラ人であるイオ以外他にいない。

「授業参観か何かのつもり？」イオが冗談で身体をぶつけてくる。

「だったら張り切って返事しなさいよ。何？　いまの」

「うるさいなあ、もう」小さな肩をそびやかせながらイオが歩いていく。

私との結婚をほのめかしたときの、イオの悪戯《いたずら》っぽい目の光が目の前にちらつく。あれが本気だったとして、老いさらばえたクモタカチョウの少女を、イオはどんな気持ちでいま眺めているんだろう。しかも、この変化は、彼の時間では数か月以内という、ごく短い期間に起こったことなのだ。

ドクター・アティエノが個室で検診の結果を伝えるのを、本当に保護者のように、イオの背後で見守る。モニターに映っているのは神経細胞《ニューロン》だろうか。私がいるのを意識してか、アティエノの説明は懇切丁寧だった。

「綺麗なもんだったわ。まったく問題なし。繊細なのよ、パメラ人のニューロン。少しでも歪むと、途端に粒子の追跡能力に影響が出ちゃう。腫瘍なんてあったら大問題」

ニューロンが拡大表示され、それが輪切りになる。

「基本的な構造は私たちと変わらないわ。祖先が一緒だっていう動かぬ証拠ね」

さらに拡大。細胞なのに、中に骨みたいなものが何本も見える。

「これは微小管。細胞を支える他にいくつも役割があるけど、たぶん一番大事な仕事の一つが、細胞を分裂させるシステムの主体となってるってこと」

「え？　脳細胞って分裂するの？」

驚いてしまった。脳細胞が増えないから自己が保たれると、ライブラリーで読んだ気がする。

「それは大脳の話。海馬じゃ成人後も新しいニューロンが生まれるし、それに細胞分裂しないなら、脳の中にある一千億個のニューロンはいったいどこからやってきたのよ」

なるほど、海馬の話は聞いたことがなかったけど、確かにヒトは最初たった一つの細胞から始まるのだ。分裂する以外に増えようがない。

「でも、なかなか良い指摘だったわ」とアティエノは言った。「パメラ人のニューロン内に存在する微小管のもう一つの大切な仕事に、大脳のニューロンが増えないことが関係してるの。つまり、細胞分裂を司るはずの微小管が、分裂しない大脳のニューロンの中で何をしてるのかってこと」

「何かしないと駄目なの？」

「生物の身体に、無駄にしていいリソースなんてないのよ、シンイー大尉。資源は限られてるんだから」

「じゃあ、その微小管がイオの未来予測能力と関係してるのね」

「部分的には」

微小管の映像がさらに拡大されていく。棒のようだった組織が、細かな粒の集合体に変化する。積み上がり、らせんを描く粒の集合。モニターを見つめていたイオは、「もういいよ」と少しふくれっ面だ。

「駄目よ。パートナーとして知っておきたいわ」

「あなた自身も知っておいたほうがいいわ、イオ。過酷な重力下では、何が予防線になるかわからない。聞いてるでしょ？　最近事故が多くなってるって」

イオは渋々頷いた。思春期の始まりといったところだろう。大人に構われるのが面映《おもは》ゆいのだ。

「微小管はαチューブリンとβチューブリンという二種類のタンパク質が、らせん状に積み重なってできてるの。実はこのチューブリン、αとβの二つが結びついて一つの分子みたいに振る舞うんだけど、チャンネルを持っててね、開いた状態と閉じた状態、二つの状態をとることができるわけ」

「スイッチのオン、オフみたいなもんだね。0と1とか」

「流石ね。とても十歳とは思えない」

ドクター・アティエノの二本の褐色の指がモニターを摘まみ、輪切りの微小管を上からの眺めに変える。微小管の中心にチューブリンは見えなかった。

「中は空洞なのね」

「そこが重要なの。内径わずか十五ナノメートルの、中空のチューブ。しかも、その周囲に膨大な数のスイッチを備えてる」

「ドクターは、そこで僕らの現実が収束するって考えてるんだね」

「本当に賢い子ね。アクセラレーターにしとくのはもったいない」

「どういうこと?」

「つまりね、シンイー。QETで取り込んだ粒子の波動関数が、この微小管の中で収束するってドクターは言ってるんだよ」

「ヒントは古い時代の文献にあったんだけど。テラ系のまだライブラリーにも載ってない掘り出し物のね」そう言うとドクターは画面をピンチアウトして、さらにチューブリンを拡大させた。「こんなふうに、ミクロのチューブ内なら、粒子の量子状態は一定時間保たれる。そしてチューブリンに触れた途端、状態が確定。その情報はチューブリンで量子化された信号に置き換えられ、パメラ人の意識に上るべく、前頭葉へ運ばれるってわけ」

「その情報っていうのが、地平面近傍を漂ってる過去の情報ってことでいいのね？」

「私はそう考えてる。実は事象の地平面の表面積は、ブラックホールのエントロピーと等価と考えて差し支えないの。つまり、地平面から情報を拾い上げる能力は、エントロピー——ものごとの乱雑さを読み解くことができる、パメラ人だけに与えられた特権なの」

特権なんて言ってるけど、本当は足かせじゃないのかと私は思う。パメラの子どもたちを赤い沼に引き込む巨大な重し。

どうして彼らだけが、そんなふうに進化してしまったんだろう？　並外れて大きいブラックホールが何らかの影響を与えたとか？

でも、ダーク・エイジの周りで暮らしてきた人間なら、パメラ人の他にもたくさんいる。私たち惑星カントアイネで暮らしてきた人間だってそうだし。そのなかに、時間を——ものごとが乱雑になっていく様を——つぶさに知ることができる人種なんて他に存在しないのに。

それに、細胞に微小管があるのも、私たちだって同じだ。パメラ人だけがエントロピーを読むことができる理由にはならないはず。

「別に僕らだけじゃないよ」とイオが言う。

「え？」

「未来予測なんて、みんなしてるじゃない。シンイーだってヒルギスにいるとき、明日は晴れそうだとか、雨になるかなとか、予測しながら狩りの準備をしてたんでしょ？」

「それとこれとは違うわよ」

「何で?」

「何でって……」

イオの予測は、未来からこぼれた現実の粒子の観測の結果だ。でも、私が考える明日の天気は、それまでの経験をもとに頭の中で組み立てた、ただの想像でしかない。

「想像だって現実だよ。だって、人間が考えるときはきっと、脳の中にある粒子が、現実に位置を変えたり動いたりして思考をかたどってるはずだよね。そして、実際に粒子が動く以上、世界は必ず変化する。世界と頭の中は、時空的にひと続きなんだから」

このとき私が考えたのは、ヒルギスの呪術師のことだった。スナジカの群れの移動を想像したときに動いた脳内の粒子が、まるでバタフライ効果のように世界を動かし、やがて本当に群れの進路を変えてしまう――そんなことが実際に起こっていたのだろうか?

「でも、それって予測じゃないわよね?」とドクター・アティエノが口を挟む。「むしろ思考が世界の未来を変えてるって聞こえるけど」

イオは少し考えるような顔になって、「それが僕らの違いなのかもしれない」と言った。「僕らは先のことを見通すのが得意だけど、未来は決まってると考えがちだ。でも、シンイーたちはまるで逆。未来は変えるためにあるって考えてる。もしかしたら、この方向性の違いが、僕らが嫌われる理由かもね」

「こら。そんな言い方しないで、イオ」

パメラ人たちは、未来を確定させるために進化したんだろうか? そのほうが生きのびる確率が上がるから？

でも、イオの話を聞く限り、彼らは自然淘汰とは別次元で生きているように思える。むしろ、自然淘汰が済んでしまった世界の住人のように。


検診を終えたイオが研究室を後にする。振り返った彼に、先に行くように促す。

イオの様子を知りたかったのもあるけど、私がここを訪れた本来の目的は別にあった。ドクター・アティエノに呼ばれたのだ。

「あの子とは何度か面談しただけなんだけど、気が合っちゃって」とドクター・アティエノは言った。イオではない。アルビスの元パートナー、レイナスのことだ。

「バカバカしい規則のせいで、本当はダメなんだけど――」と研究着のポケットから紙片を取り出す。

パメラ人の書いたメールや撮った映像など、外部に発信するものについては、いまでも必ず連邦のチェックが入る。子どもにまで管理の範囲を広げるこの政策が、連邦の罪悪感を如実に示している。反乱や抵抗を引き起こされても仕方がないことを自分たちはしてきたのだと、暗に認めるようなものだ。

だからレイナスは自分の気持ちを手紙にしたため、信頼できる連邦の人間にそれを託した。手紙を開いたとき見えた拙い文字の羅列が、かえって彼女の心の内を雄弁に物語っている。他人の肉筆を見るのは久しぶりだ。私たちはもっと文字を大事にすべきだと唐突に思う。

アルビスと自分の関係が良くない噂になっていることは知っていたと、レイナスは書いていた。しかし、その噂を否定することも肯定することもできなかったと彼女は続けていた。なぜなら彼女自身、アルビスのことを想う立場だったからだ。

『もし彼がパートナーを置いて一人で帰ってこれなかったのだとしたら、私があの二人に割って入るなんてことはできないことになります。だって、私のためにあの人が自分の生命時間を削ったり、ましてや船外に飛び出して助けようとするなんてこと、あるはずがないとわかっているからです』

思わず、手紙を持つ手が震えた。

「ドクター。アルビス・ケレンスキーについて何か聞いてない？　赴任先を知りたいんだけど」

「わからないわ。レイナスと関係してること？」

私は曖昧に頷くと、端末でアルビスの赴任艦を検索した。少し時間がかかったけれど、組織表からアクセラレーターをたどり、アルビスとコンビを組むパメラ人が未成年の少女であることを確かめた。

怒りが湧いてきた。一度そういう疑義が生じた男を、どうしてまた異性の子どものパートナーにするのか。

おそらく、ケレンスキー家の威光というやつだろう。いまは凋落《ちょうらく》の一途をたどっているとはいえ、ケレンスキーはアークライトと同じく、〈夜の虹《ムーン・ボウ》〉船団でダーク・エイジにやって来た最初の氏族の一つだ。いびつな兄弟愛《ブラザーフッド》に凝り固まった連邦上層部の中には、いまだに「名より氏」に重きを置く連中が相当数いるというから、手心を加えたとしても不思議じゃない。ケレンスキーの血を引く人間が狙撃手をしていることに、同情が集まった可能性だってある。

しかし、探査船は極めて閉鎖的な空間だ。耐重力シールドで外界と遮断されるだけでなく、ダーク・エイジの重力ポテンシャルで、時空まるごと世界から切り離されてしまう。そんな状況で、少女がどうやって自分の身を守ればいいのか。パメラ人だからということで、彼女たちの人権が軽く見られているようにさえ思えてくる。

もちろん、レイナスに被害者意識がないことはわかっている。でも、大の男が親愛以上の感情を子どもに抱くなんて、許されるはずがない。もし子どものほうから恋愛感情を持ちかけられたというなら、それをたしなめるのが大人の責任だろう。

手紙はまだ続いている。仕事のルートを変更させてしまったことに対する謝罪と、アルビスの探索を引き受けた私とイオに対する感謝がつづられていた。

『シンイー、私があなたに今回の件を依頼したのは、狙撃の腕を見込んだからでも、イオと友達だったからでもありません。あなたなら、私の気持ちをわかってくれると思ったからです。ダーク・エイジに引き裂かれてしまった、私たちの時間のことを。アルビスもあなたと同じように、子どものころ、この船に連れてこられたんですよ。私たちは同い年でした。ダーク・エイジの時空の歪みに捉えられるまでは――』

ドクター・アティエノが私に何か声をかけていると気づくのに少し時間が必要だった。私は曖昧に返事をすることしかできなかった。自分の周りから音が遠のいていくように感じた。

私の共感が、とんだお門違いだったと気づいた。レイナスが考えたのは、私とアルビスの共感だ。私なら未練がましく子どもに執着する、アルビスの気持ちがわかると思ったのだ。時空の狭間にはまり込んで、身動きが取れなくなってしまった、あの男の気持ちが。

14

最初の射撃訓練での顔合わせから、アルビスがホライズン・スケープを去るまでの間、私は顔を合わせるたび、彼の子どもじみた嫌がらせの数々を耐え忍ばなければならなかった。反撃は彼と取り巻き連中を喜ばせるだけだったし——目撃者が彼らしかいない以上、全責任を負わされるのは私に決まっていた——無視するより仕方がなかったのだ。

アルビスが子どものとき連れてこられたと知ってから、「同族嫌悪」という言葉が頭の隅にちらついている。アルビスの「有害な男らしさ」とトリッシュに対する鬱屈が、私に対する攻撃的な態度の原因だと考えていたのだけれど、その実、彼は私の姿に、過去の時間に膠着《こうちゃく》する自分の醜さを投影していたのだろうか。自分を痛めつけるかのように、私に厳しく当たっていたのか……。

遊技場のベンチでレイナスの手紙に目を通していると、イオがやって来て隣に座った。

「アルビスのこと、知ってたの?」と尋ねると、イオは黙って頷いた。

「僕らが連れてこられたころはね、シンイー。ここはいまよりずっと酷いところだったんだ。船は有力氏族だけが牛耳《ぎゅうじ》っていて、やりたい放題。特にパメラの子どもたちは迫害を受けて、怯えて暮らすしかなかったんだよ」

「いつの話？」

「プラットフォーム時間で、たぶん三百年以上前。まだトリッシュも赴任して来てなくて、ホライズン・スケープは別の氏族の管理下にあった」

私がここに来てからだって、たぶんホライズン・スケープでは百五十年近く時間が経っている。それだけあれば、歴史は何度だって動く。

「ちょうど『ピンクロン・ノーマン一家の冒険』がヒットしたころだよ。僕らはノーマン号が地下世界へ向けて掘り進む姿に、自分たちの境遇を重ねてたのかもしれないね。迫害をものともせず、出口を目指して突き進む姿に」

ノーマン一家の合言葉は、「ひとまず逃げろ」だった。逃げてる間に、きっと解決策が見つかる。もしくは、誰かが解決してくれる。

運命を他人任せにしてしまうユーモアと、よりにもよって逃げ込んだのが土の中——出口なんてあるはずがない！——という皮肉なおかしみが、パメラの暗い時代に一筋の光をとなって差し込んだのか。

頭の中で、パメラの特別居住区へ向かう陰鬱な道がよみがえった。あれでも、ずいぶんましになったほうだったんだろう。それ以前のパメラは、まさに奴隷同然だった。レイナスも虐《しいた》げられ、とある有力氏族に囲われて生活する毎日だったと手紙の続きに書いてあった。それが、彼女の時間では、せられてたから」

いぜい一年くらい前のことなのだ。

「レイナスはほとほと嫌気がさしてたんだよ。でも生き続けた。自分には未来があるって、まだ信じられてたから」

「それが、アルビスだったの？」

イオが頷く。「レイナスが予知したとおり、アルビスが現れた。どこかの廃棄プラットフォームでスカウトされたらしいんだけど、アークライト一族の繁栄を知る前の彼はまだあんなふうじゃなくて、レイナスにも優しかったんだ。彼女にとってはね、アルビスと過ごす奈落の時間だけが、過酷な現実から離れられる大切な時間だったんだよ。その時間があるから、彼女は前を向けた」

パメラ人たちにとって前を向くということがどういうことなのか、私には実感できない。

先日イオの部屋で話したとき、レイナスは、私たちが時間的に前だけ向いて生きていると言った。未来は何かを変える方向——でも、アークライト一族の威光を目の当たりにしてアルビスが変わったというなら、前を向くのもいいことばかりじゃない。パメラ人なら後ろを向いて、過去に耽溺する選択肢だって存在するのかもしれない。

「彼女にはそんなこと関係ないよ」とイオは言った。「パメラは時間を、過去も未来もひっくるめて、ひと続きの事象として捉える。いつ起こるかじゃなくて、起こるか起こらないかが問題なんだ。アルビスに助けられたことをレイナスが忘れるなんてことは絶対にない。それはいまもずっと、彼女の中では起こり続けてることなんだから」

レイナスがアルビスにこだわる理由が少しだけわかったような気がした。彼女にとっては一年前の出来事も、いま起こっている出来事も、ひとつながりの同じ出来事として存在しているのだ。

私たちが目の前の砂漠と、その向こうの山並みを、一度に眺めるのと同じように、彼女にとっては昔のアルビスも老いたアルビスも、いわば一人の人間の角度を変えた姿として、同じ風景の中に存在し続けているのだ。


トード号が録画した射撃映像の解析班による分析結果は、「九十五パーセント以上の確率で仮想実体」というものだった。ほっと胸をなでおろすと同時に、自分がゲーイーの目を通して目撃したものについての疑問がますます深まっていく。通常、右脳が司る左視野の情報が私の意識に上ることは、ほとんどないはずなのだが……。

トード号でイオを待っている間の自主学習で、私はヒルギスの射手の儀式で行われたことが何だったのか、おぼろげながら、その輪郭を摑むことができた。私たちヒルギス人は、人為的に分離脳を作り上げていたのだ。射撃のみに特化した、ゲーイーという無意識を作り上げるために。

そのとき目にした連邦のアーカイブス映像に、特に興味深いものがあった。大人になって分離脳手術を受けた女性の行動を克明に記録した資料映像だ。彼女は自分の体を思うように動かせず、苛立ち、戸惑っていた。見ているのも辛くなるほどに。

事故や病気で脳に病変が生じると、ニューロンを流れる電流に異常をきたすことがある。その過剰な電流が脳全体に広がると、場合によっては昏倒を引き起こすほどの激しい発作が起こる。周囲の状況によっては命にかかわる症状であり、薬で症状が緩和されないとなると、脳梁離断術は一つの解決策になり得る。病変から広がる異常電流が、反対の脳に達するのを防ぐ効果が期待できるからだ。ただし、リスクがある。脳梁を切断してしまうと、自意識《わたし》が右脳にアクセスできなくなってしまうのだ——少なくとも見かけ上は。

だから、私が見た患者の映像のようなことが起こる。コップを摑もうとした右手の動きを、左手が勝手に引っ叩いて邪魔をする。ドアを開けようとしたら、左手が閉めようとして部屋を出られない。右手でパンを取ろうとすれば左手がパンを払い、右手で摑んだはずの牛乳は、あえなく左手で叩き落とされる。

アーカイブスで見た女性患者の途方に暮れた顔が、長い時間、脳裏に焼きついて離れなかった。年齢的にある程度、脳の各部分の役割が決まってから手術をすると、こういうことが起こりやすい。成長する前なら、ほとんど影響が出ないこともある。

私の場合、その境界ぎりぎりの年齢だった。だから、左腕は基本的に私に従ってくれるけれど、たまに何かの拍子に、思いもかけない動きをすることがある。私がしたいことを、妨げるような動きをすることが。

分離脳の施術を受けた人間には、視覚においても奇妙なことが起こる。通常、左視野は右脳が、右視野を左脳が制御している。だから、脳梁離断術を受けた患者に、左半分だけ燃えた建物の絵を見せると、彼女は絵の中の火事に気づけない。火事を見ているのは右脳であり、自意識が存在する左脳は、原理的には、その情報にアクセスできないからだ。

ところが、右脳と左脳の連絡橋は、脳梁だけではないらしい。右脳が知覚したものに左脳は気づけはしないけど、何かを見ていることだけは伝わっている。

さっきの女性患者について言えば、火事が絵に描かれているのは気づいていないけれど、何か不穏なものは感じている。左半分が燃えている建物と、何も燃えていない建物の二種類を見せると、嫌な気分だと感じるのは、左半分が燃えている絵を見せているときなのだ。

どうやら脳梁以外のルートでも、絵を見たときの情報が左脳に流れ込んでいるということらしい。だから私は、遥か彼方のネズミの顔が、アルビスそっくりだと感じたのだろうか。ゲーイーが感じた不穏が、知覚しないまま脳に流れ込んだのか……。

私はもう一度、端末《デバイス》に流れてきた解析班からの返事に目を通す。

報告書によれば、すでにあの映像の時点で降下ユニットの破壊が進んでいて、その主たる原因はヒト型の仮想実体——つまりネズミの衝突によるものだと書かれていた。

現場では判断できなかったけれど、ヒト型の衝突角度は、ダーク・エイジが作る事象の地平面と、ほぼ平行だったらしい。たとえバックパックを使ったとしても、人間があの高重力下で水平移動できるはずもなく、そのことが、あの物体がネズミであることを強く示唆する要因として取り上げられていた。

あれはアルビスではなかった。それは確かなことだ。なのになぜ、あのアルビスの顔はあんなに生々しかったんだろう。

年々深くなっていく降下ユニットの深度が、ネズミの巨大化と鮮明化を引き起こしているのは確かなようだ。深くなるにつれて対抗すべき重力加速度は激増し、ますますダーク・エイジからの放射は多量になっていくから、次第にネズミのリアリティーが増していくことも、ある程度納得できる。ダイブを始めた当初と比べ、ネズミを形作る材料は桁違いに豊富になっているわけだから。

もしかすると、ネズミは最初から巨大であり、鮮明だったのではないかとふと考える。足りなかったのは仮想粒子——つまり材料だけだったのでは？

材料が足りないからネズミは不鮮明な肉の塊として時空を走り、大きくなろうにもなれず、バラバラになるしかなかったのではないか。すると、技術革新が進んでダイブがさらに深くなればなるほど、さらに強力なネズミと対峙せざるを得ない状況になることが予想される。

手の中の端末が震え、メッセージの到着を知らせた。スグルからだ。射撃訓練場にいるから、すぐに来て欲しいと書いてある。

そういえば、午後から時間を空けておいてくれと言われていたんだった。昼食をとり損ねたけど、彼の頼みなら仕方がない。

射撃訓練場に入ると同時に、「嘘でしょ……」と思わず言葉が漏れた。私が試し撃ちする予定のレーンに、四人家族の家にあるぐらいの大きさの、真っ白で四角い冷蔵庫みたいな物体が置いてある。扉は観音開き。野菜室が用意されてないのが不思議なくらいだ。

「おかしいわね、今日のランチが入ってないけど」

「ぎりぎりのバランスがこれだったんですよ」とスグルが頭をかく。「これより装甲が薄くなると、次回の深度じゃ耐えられなくなるんです」

ぐるりと一周回ってみる。Gスーツというより、もはやロボットだ。

そういえば、『ピンクロン・ノーマン一家の冒険』に、同じくらいゴツい地底探査用の二足歩行機械が登場していたのを思い出す。まさか、イオの機嫌を取るために、これを開発したわけじゃないんだろうけど。

背中の両開きハッチから中に入ると、意外と関節は柔らかい。可動域は保たれている。ただ、やはり腕周りが気にはなる。試しに動かしてみると、銃の抜きが悪い。左腕の筋肉が、不満げにピクリと動いた。

「早撃ちなんて必要ないですよ、ミス・シンイー。ハッチョウヅメの銃は、ガンピットに固定して使うんですから」

「でも気になるのよ。それに、移動力を完全に捨てるのはどうかと思う。いざというとき動けないというのは……」

ヒルギス人にとって狩猟とは、射撃だけを指す言葉ではない。獲物を追跡して捕らえるのが狩りであり、そのプロセスのほとんどは移動に費やされるわけだから、いかに効率的に動けるかは、そのまま狩りの成否に直結する。

「そんな、いざというときなんて訪れませんよ」スグルは呆れたという感じで天を仰いだ。

「言うとおりにしてあげてください、スグル。狩猟はヒルギス人のアイデンティティなんですから」

突然、耳馴染みのある声が聞こえて、スーツ内でキョロキョロと視線を動かす。バイザーの右隅のAIという表示が点滅している。

「それに、ここまでGスーツの性能が上がったら、船外活動は一つのオプションになりますよ。特に、潜航深度が伸びて、不確実性が大きくなった昨今では」

「えっ、ミス・トード!?」

「ハイ、シンイー」

「トード号のOSと同期が取れるようになってるんですよ。コピーみたいなものです」とスグルの声が割って入る。「控えめに言って、あなたはいま、トード号を着て歩いてるのと同じです。AIの能力から言っても、装甲の面から言っても」

両腕を伸ばし、ボディの前後に叩きつけてみる。見た目どおり確かに頑丈だ。これならネズミが直撃したところで耐えられるんじゃないだろうか。

「時代は進歩してるんですよ、シンイー」とミス・トードの声が言う。「私だって帰艦して驚いたんです。まさか私ともあろうものが、たかがGスーツに収まってしまうなんて」

「なんだかタブレット時代に戻ったみたいね」

「じゃあ、あなたはお転婆少女に逆戻りですか？」

「ふふ。でも、腕は落ちてないわよ」

レーンに下りて、シミュレーターのガンピットに体を固定する。片足ずつ体重をかけると楽にストッパーが下りるのも素晴らしい。狙撃のときは、できるだけ無駄な力は使いたくない。力の使いどころは嫌になるほどあるんだから。

「スタート」というスグルの掛け声とともに、ミス・トードの秒読みが始まる。カウントダウンゼロで急激な重力変化。実際は遠心力が働いている。私が下りたレーンが独自に回転を始めたのだ。ホライズン・スケープはもともと遠心力で重力を生み出しているから、レーンは回転運動の上で回転していることになり、神話時代の英雄、プトレマイオスの天動説モデルさながらだ。

どれぐらいのGがかかってるんだろう？　全身を軋ませながら右手で銃を構える。関節部のモーターは緩めていると聞いている。遠心力でダイブ時の重力加速度を再現するのは難しいので、その分、補助力も落としているというわけだ。

明滅を繰り返すターゲットめがけて引き金を引き絞る。多少ずれたけど、誤差の範囲内だ。

続けて肩を左に入れ替え、連続で五発。寸分違わぬ正確性で着弾の光点が重なり、いまだ私が高重力で戦えることを示して見せる。ときどき癇癪を起こす左腕も、このときばかりは冷静沈着な狩人だ。レーンの回転が緩んでいき、身体がふっと軽くなった。痛みはどこにもない。ただ、排莢時にわずかな違和感を覚えた。シミュレーターの不調だろうか。

観音扉からスーツを抜け出すと、「流石ですね」と声がかかる。

「スーツ内の圧力を、あともう少しだけ落としてちょうだい。やっぱり指が気になる。それと、肩のモーターに余計なノイズが乗ってる？」

「たぶん、銃弾の変更のせいでしょう。違いに気づくなんて凄いですね」

スグルがカートからジェラルミンケースを取り出し、開けて中身を見せてきた。

「次回から実戦投入する予定なので、その感触も確かめてもらおうとエミュレーターを使ったんですが」

奇妙な形態の銃弾だった。小型のビア樽のようだけど、まあそれはいい。ダーク・エイジ近傍にはほとんど物質がなく——踏みとどまろうとしない限り放射は問題にならないのだ——ライフルの銃弾のように先を尖らせて抵抗を小さくする意味はない。でも、これまで使っていた流線型の鋭利な印象を受ける金属弾に比べ、これはずんぐりむっくりで、触れた感触がどことなく柔らかみを感じさせる。これでは着弾した途端、押し潰されてしまうんじゃないだろうか。

「そこが狙いですよ」とスグルが言う。「撃ち抜くというよりは、叩きつけるようなイメージに近い。そのほうが大型化したネズミには有効なんです」

いわゆるホローポイント弾のようなものだろうか。着弾時に潰れることで、対象により大きなダメージを与える。まるで本当の狩猟みたいだ。

「連邦は公式に、仮想実体《ネズミ》が生物だと認めたの？」

「まさか。ブラックホールから飛び出す生き物なんて、幹部連中は口が裂けても認めないでしょうね」

「だったら、あれを何だと思ってるのかしら」

「未確認時空現象《USP》——Unidentified Spatiotemporal Phenomenon——としか」

「まあ、そうでしょうね」私は肩をすくめた。「現場の私たちがわかってないんだから」

私は両手で抱えていた銃弾をジェラルミンケースに返した。

「それ、何がモチーフになってるか、わかりますか」とスグルが言う。

「ビア樽」

「はは。クマムシですよ」

「えっ、あの冷眠《コールドスリープ》の？」

もう一度銃弾を持ち上げてヘッドスタンプを確認すると、「ウォーターベア」と文字が見える。連邦標準語でクマムシのことだ。宇宙広しといえども最強の微小動物の一種で、休眠状態になると、ほぼ絶対零度にも耐えることができる。このときの、体内のグルコースをトレハロースに変換する仕組みが冷眠に利用されてることは知っているけど、それと銃弾がうまく結びつかない。

「クマムシの休眠状態は生命活動を停止させるだけじゃなくて、環境の変化にも異常に強いんですよ。冷気、乾燥なんでもござれですし、真空にも耐えられる。エックス線、ガンマ線さえ跳ねのけて、射撃の衝撃にさえ耐えられるというんですから」

「ダーク・エイジの放射の中で使うのにぴったりというわけね」

「そういうことです」

スグルはふたを閉めると、ケースを丁寧に元の場所に戻した。

「今度契約した耐重力製品製造業者《メーカー》、かなり優秀ですよ。まだ実装前ですがね、開発中の経口耐重力薬《Gピル》にも、同じような仕組みが使われてるらしいです。実現すれば、耐えられる重力加速度が飛躍的に上昇するとか」

クマムシを嚥下するのを想像して、思わず喉がきゅっと縮こまる。

アーカイブスで読んだ昔の小説じゃないけれど、朝目覚めたら、トード号に巨大なクマムシが二匹
——なんてことにならなければいいんだけど。

15

ホライズン・スケープの夜明けは、極めて作為的に始まる。部屋にいるときは天井の太陽照明によって。甲板に出ているなら、ホライズン・スケープのすぐ外側を回る人工太陽アポロによって。アポロに火を点けたのはダーク・エイジだ。ブラックホール発電で取り出したエネルギーで、この人工的な火の玉は数千年の輝きを約束されている。でも、もしそのエネルギーに、〈門《ゲート》〉の情報が混ざっていたらどうするんだろうと、ときどき考える。

それとも、手に入るエネルギーは、放り込んだ物質がそのまま変換されたものと相場が決まってるんだろうか？　だとしたら、どうしてエネルギーなんか取り出せるんだろう。だって、放り込んだ物質は奈落の底で赤く染まりながら、時間の粘りの中にまだ留まっているというのに。

「いつも頭がこんがらがっちゃうわ。いまだにブラックホール相補性って、まったく馴染めない」

ピイオは私の声なんて聞こえない様子で、トリッシュのモニュメントにプラモデルを供えている。ノンクロン・ノーマン一家が車に乗ってる限定スケールモデル。地下に潜る前の何気ないシーンを切り取った一品で、メインロードの模型ショップで手に入れたものを少し前からこつこつ作っていた。

昔、トリッシュと巨大な宇宙船や建築物のプラモデルを作ってたから、イオなりの弔い方なのかとも思うけど、ノーマン一家が笑顔でドライブしている姿を見ると、彼にとってトリッシュは、友人や上司以上の特別な存在だったのではないかと思えてくる。家族と一緒に暮らす習慣のないパメラ人だから余計に。

パメラの集団教育は、細切れになった種族の歴史や団結を維持するために生まれた。そのおかげで、彼らの思想や思考は、酷く似通ってきているという。ただでさえ時間を共有している割合が他の種族より多いから、その影響が顕著なのだろう。

どっちが正解なんだろうと思う。私たちヒルギス人のように、親から子へ代々教えを説くのと、統一されたポリシーに則って集団で生活し、教育を施すのと。

一見、親子の絆ほど大事なものはないと感じる。でも、子どもに何が伝わるかは親の資質による。私たちの集落にも、自堕落な生活で身をやつし、自分の子に何ら満足な知識を与えられない大人が何人かいた。彼らの子どもたちの中には狩猟で身を立てられず、良くて鉄砲持ち、悪ければ砂漠をさすらう野盗の一味になる者までいた。

一方、パメラ人の教育なら、そんな不幸な子どもたちは生まれないだろう。生きていくのに必要な知識を計画的に植えつけられ、ドロップアウトする人生は、遥かに稀なはずだ。

ただし、杓子定規すぎると、変化に弱くなる。人生はいつだって、思いもかけない出来事の連続なのだから。

そういう意味においては、イオは幸運だったかもしれない。パメラのコミューンだけにいたら、ダーク・エイジ星系で暮らす人間たち全員を、敵だと憎む人生を歩み続けていたかもしれないし、トリッシュのように子どもと真剣に向き合ってくれる大人に会うこともなかったかもしれない。何しろトリッシュときたら、一度遊びに夢中になると、とことんやり込まないと気が済まないたちだった。もちろん、生きる場所を自分で選べない人生なんて、決してあってはならないけれど。

モニュメントに飾られたプラモデルを眺めて、「子どもっぽいよね」とイオが苦笑する。

「いいんじゃない」と私も笑った。「あの人も、ときどき子どもみたいだったから」

ダイブの前にトリッシュの墓に行こうと言い出したのはイオだった。とても珍しいことだ。いつもなら早めにトード号に乗り込んで、宇宙に体を馴染ませているはずなのに。

「おかしな感じがするんだよ」とイオが言う。「気をつけて、シンイー。これまでにない感じなんだ」

「何か見えたの？」

イオは首を振った。「知ってるでしょ。自分のことは、あまりうまくいかない。予測した結果がフィードバックして、いまの僕を変えてしまうから。するともう、前の予測は役に立たない」

自分のことと言ったけど、本当だろうか？

イオは普通、自分が予知したことを本人には語らない。心を覗かれているようで、いい気がしない人間がほとんどだからだ。

それに、自分の言葉が他人を変えてしまうことに酷く臆病だ。それで相手の未来が変わってしまうかもしれないから当然かもしれないけど、他のパメラ人はもっと上手くやっている。占いや風水師まがいのことをやって、生計を立てている人間だっているのだ。

「僕は、このプランクスケールの感性が、とても特別なことだと感じてるんだ。何かとても重要なことのように感じる」

「時間を読むためってわけじゃなく？」

イオは頷いた。「前にシンイーは訊いたよね、パメラの神に会ったことがあるのかって」

「ええ。イオは神には会えないって答えた。違うの？」

「それは本当。粒子の追跡にもある意味、地平のようなものがあって、それ以上はどうしたって追いつけないから」

ちょうどそのとき、アポロがホライズン・スケープの陰から姿を現して、甲板を眩《まばゆ》い光で照らし出した。新しい夜明けだ。私たちの影が細く長く伸びて、何か別の生き物みたいに壁で踊る。

「よくないことが起こる気がする。僕たちこのままダイブを続けていたら、いずれ……」

一瞬、自分がイオの降下ユニットを破壊する絵が浮かんできて頭を振る。あれはネズミということで決着がついたはずだ。

「そんなことにはならない」と、私は言った。

「何でそう言い切れるの？」

「それは――」

思わず何十年も前のイオの言葉が溢れ出そうになり、慌ててふたをした。――それは、あなたが予知したからよ、イオ。私たちが一緒になるって。その約束が果たされないうちに、私たちが奈落に飲まれるなんてことは、あるはずがない。

でも、私は言えなかった。そんな昔の話、蒸し返して何になるだろう。

「それはね——私がついてるからよ、イオ」

イオが私を見上げる。アポロの日差しが眩しそうだ。

「見つけたいのよね」

「えっ？」

「民族離散《ディアスポラ》。昔のパメラ人に、本当は何が起こったのか。それが、イオが潜る理由」

イオはノーマン一家のプラモデルを再びキャリーバッグにしまった。「そういうわけじゃないよ。もちろん気にはなるけど」

「たとえ真実がどうであろうと、それとトリッシュは何の関係もない。イオや私と過ごした時間には何の影響も与えない」

「わかってるって」

イオはスーツのフードを被り日差しを避けた。パメラ人の柔肌にアポロの光は強すぎる。

モニュメント広場のテラスから、遥か下方の船渠《ドック》が見えた。何機か並んだ耐重力探査船の中にトード号の姿もあって、揃いの整備ロボット《ツナギ》を着たメカニックたちが、次の潜航《ダイブ》に向けて機体の最終チェックに入っている。

こうして見ると、探査船の巨大さが改めてよくわかる。身長三メートル近くあるツナギでさえ、トード号の燃料タンクや遮蔽板《ディフレクター》の前では、子どもの玩具だ。

「ただ、ちょっとだけ気になるんだ」と、イオは呟いた。「地平に落ちた僕らの祖先がいたとして、彼らが空を見上げたときのことが」

作業に勤しむクルーの動きを、イオの目がぼんやり追いかける。

「その空に僕がいて、連邦の人間と楽しそうにしていて、そんな光景が賑やかに通り過ぎていったら彼ら、どんなふうに思うだろうって」

地平のそばでは相対的に時間が遅くなる。もしそこから宇宙を見上げたら、早送りされた宇宙の歴史が見えるのだろうか？　駆け足で終焉を迎える宇宙の姿を、誰よりも最後まで見届けるなんてことが、起こり得るものなのか……。

16

船渠《ドック》の前方がオートライドのコンバーチブルみたいに開いて、列をなす耐重力探査船にアポロの光が降り注ぐ。

トード号も大人しくその列に並んで、遮蔽板《ディフレクター》前にセットされるのを待っている。これがないと、出発と同時に噴出口の高温ガスを浴びて、そこらの整備ロボット《ツナギ》が蒸発してしまいかねない。

噴出ノズルなど使わずに、もっと大人しく出航すればいいじゃないかと思うけど、そう簡単な話ではないらしい。シュバルツシルト半径の三倍以内で円軌道を維持したければ、私たちは加速しながら走り続ける必要がある。最初からめいっぱい飛ばしていかないと、ダーク・エイジが作った時空の歪みに飲み込まれてしまうのだ。

私たちの番が来て、モニュメント広場のテラスを見上げる。トリッシュや〈門《ゲート》〉の探索に殉じた人々に見送られるのは心強いけれど、まだあそこの隣に並ぶ気はない。

カウントダウンが始まると、私は背中をガンピットにぴたりとつけて胸を張り、最初のGに備えた。

爆発的な加速で宇宙に放り出された後は、すかさず反物質エンジンに火を入れる。

先に出発した探査船の影を横目に見ながら、私たちはダーク・エイジの極へ進路を取る。

これまで、あまり探索されてこなかった領域だ。もし定説と異なり、放射と情報の場所に何か関連があるとするなら、新しい「何か」が見つかる可能性は高いと思う。

その何かが〈門《ゲート》〉の情報ならいうことはないけれど、別の何かなら問題だ。

スグルや情報分析部も交えた最終ブリーフィング。首をそろえた面々に、顔馴染みのない人間が何人も混じっていた。連邦の幹部連中が今回、明らかに何か手柄を期待しているのは、先に潜ったレイナスたちから、正体不明の大型ネズミの報告があったからだ。

彼女とは、もう会わない気がする――パメラの予知能力というわけじゃないけど。

別に感傷的になる必要はない。アクセラレーターの邂逅なんて、ただの偶然だ。本来なら入り組んだ時空が邪魔をして、一度も知り合わないまま同じ船で働くなんてこと、当たり前なんだから。

レイナスは無事にネズミから逃げられたんだろうか？

巨大化するネズミはいまや、〈門《ゲート》〉に配置された守護獣じみて捉えられているふしがある。もちろん根拠薄弱な推察だけど、そう考えると辻褄が合う気もする。〈門《ゲート》〉を不正使用させないための安全装置。誰が何の目的でそんなことをするのか、まったく理解不能だけれど。

「また眉間にしわが寄ってるよ」とイオが言った。

私は顔をしかめて眉毛の間を指でこする。

機械臭いエアーコンディショナーの風と青白いブリーフィングルームの照明――。雁首を並べたお偉いさんたちの期待に膨らんだ表情を前に私が考えたことは、不吉なことばかりだった。すべてがイオの未来予測を裏付けているように感じる。何か起こるかもしれない。今回ばかりは。それなのに——。

「はははは」と手を叩く音。イオはGミールのアタッチメント片手に、持ち込んだ『ピンクロン・ノーマン一家の冒険』を、また一話から見直そうとしている。

「シンイーもこっちに来て見ようよ。面白いよ」

「私はいい」

実のところ、私はもう何度も見返している。イオを待つ六年刻みの時間に、もう何度も。

イオが奈落に下りるまでが約一年半。向こうの作業に三年費やし、上がって来るのにまた一年半はかかるから合計約六年。そのルーティーンを何セットも。

イオはその間、重力による時空の粘りと亜光速の移動の影響で、ほとんど時間を消費しないから、せいぜい小腹がすくぐらいで済むだろうけど、こっちはそうはいかない。時間を埋めるには、ありとあらゆる娯楽が必要になってくる。もちろん勉強もたくさんしたけれど、果たしてそれが実生活で役に立つかどうか、たった一人きりの船の中じゃ、それもよくわからない。

知識や思想なんて、それを客観視できる環境がなければ、身についたかどうか確かめられない気がする。水中にいる魚が水面を跳ねてみて、初めて水があることに気づくようなものだ。

また手を叩く音と笑い声が聞こえた。イオの明るさが、空元気に思えて仕方がない。ノーマン一家の冒険を見てるのだって、トリッシュのモニュメントを訪れたのと同じ意味なんじゃないか。失うものがあるから、何かにしがみつきたいだけなのでは？

「これで終わりにしようよ、シンイー」

振り返ると、イオの笑顔が消えていた。苦手なGミールの味も気にならない様子で、じっとモニター画面を見つめている。

「ディアスポラは？」

「〈門《ゲート》〉の手がかりを見つけて、ダーク・エイジを離れよう」

「怒る相手は、もうこの世にいないよ。……皮肉なことだけど」

被害者だけが地平に取り残され、そして忘れられていく。もちろん、全部がただの噂でしかなければ、それに越したことはないわけだけれど。

「どこで生まれたとか、どこで育ったとか、ルーツがどうだとか、関係ないよ」

「ええ」

「僕の好きなクラシックなミュージシャンがね、宇宙を故郷と思えばいいんじゃないかって歌ってたんだ。それってすごいと思わない？　僕らのルーツは始まりのただ一点、宇宙の特異点だけだよ。それはまぎれもない事実なんだ」

私は不安になって、イオの隣で『ピンクロン・ノーマン一家の冒険』を一緒に見始めた。イオがその一点を探して、ダーク・エイジに沈んでしまうんじゃないかと思ったのだ。

今回の潜航も少々荒れ模様だった。光子半径に入り、トード号のエンジンを垂直噴射形態に移行してからもなかなか姿勢が安定せず、船体が右へ左へ持っていかれそうになる。

たぶん最近、極の近くに何かが落ちたのが原因だ。銀河間をさすらう浮遊惑星か、もう少し小さい金属性の惑星。恒星ではないだろう。恒星なら、降着円盤が形成されているはずだ。標準的な太陽でさえ、ブラックホールが丸呑みするのに、プラットフォーム時間で丸二日かかる。

だから、ダーク・エイジがその巨体で地平面近傍の星系を一掃したのは、私たちにとってはとても幸運だった。もし周りに星間ガスや巨大な恒星などが存在したら、降着円盤と極から放出されるプラズマのせいで、ホライズン・スケープが周回するシュバルツシルト半径の三倍地点にだって、近づけなかったかもしれない。

それだけに、やはりダーク・エイジは「育てられた」ブラックホールだというのが正しい気がする。人為的なにおいを感じずにはいられない。銀河の中心の巨大質量ブラックホールを探索しても、標準太陽質量の十兆倍どころか、一兆倍のブラックホールさえ、いまのところ見つかっていないわけだし。

イオを乗せた降下ユニットが、ぐんぐん奈落へ沈み込んでいく。

新しく開発されたGスーツも装着済みだ。あれからさらに改良が進んで、かなり動きやすくなったのは、外殻だけで身体を守るという設計プランが見直され、体内に耐重力用ナノ粒子を注入する形態に変更されたからだ。スグルが言っていたとおり、ヒントはクマムシから得たらしい。

耐重力装備の充実で、とうとう私たちは未曾有の一〇〇〇Gという重力加速度を抑え込むことに成功している。降下ユニットもさらに丈夫になり、これならネズミが少々悪さしたところで、びくともしそうにない。

ただ、ここまでの深度に対応するのは初めてだ。さすがにイオの表情からも、緊張が読み取れる。モニターを気にしつつ、イオが下にたどり着くまでの期間を、ライブラリーを読むことに充てる。拡張脳技術の低コスト化で、一般市民も脳とライブラリーを同期できるようになったというけれど、今回も私は自分で文字を読むことを選択した。イオを待つ間やることがなくなるし、ライブラリーと脳を接続したときに、ゲーイーに与える影響も気になる。仮想現実空間で本を読み過ぎたせいで、左目にメガネが必要になる、なんてことにはならないとは思うけれど。

誰にも話したことはないが、エレメンタリースクールの子どもたちの前なら、私は教師になれる。すでにライブラリーで資格は取得済みで、あとは実習を積んで採用試験に合格するだけだ。

建築士もいい。自分が住む家を自分で設計できるなんて最高だ。

ヒルギスの夕陽が見えるテラスを作って、そこで一杯――なんて洒落《しゃれ》ている。最新式の防塵設備を設置すれば、服の間に入り込んでしつこく取れない砂漠の砂も、きれいに吸い取ってくれることだろう。ホライズン・スケープにも置いてあるやつだ。

宇宙に上がるまで、無重力でも砂が大敵だなんて思いもしなかった。宇宙塵は風化しないから、ハリセンボン並みに鋭利なトゲを身にまとっているのだ。そんなものを呼吸のたびに吸い込み続ければ、いずれ肺が傷ついてしまうだろう。

アクセラレーターをして貯めた金は、すでに余生を過ごすのに十分な額を超えている。防塵設備のある家を建てて、自家用オートライドを買っても、まだお釣りがくるだろう。

いままで無駄金を使うことがなかったせいだ。給料をもらうようになって、すぐにトリッシュが色々教えてくれた。「シンイー、いいか。いずれ船を離れるときに、持って降りるのが割れた酒瓶だけ、なんてことになるなよ」

メインロードは豊かな街だけど、通りを曲がれば堕落も手を伸ばしてくる。高重力の歪んだストレスで、身を持ち崩す人間も案外多い。どこから持ち込んだのか、コカイン《クラック》や覚醒剤《パンプ》で焦点の合わなくなった目をして、連邦警察に連行される人間を何人も見てきた。

幼いころ、侮蔑と恐怖が入り混じった目で見ていたそんな光景も、いまならその意味がよくわかる。生と死が隣り合わせの過酷な日々。それが何年も続くとなると、まともな人間では神経が持たない。

しかも、文字どおり刻一刻と世界から切り離されていくのだ——時間的にも、空間的にも。自分以外誰一人存在しない時空の中で、正気を保てというのは酷な話だろう。

もしかすると、アルビスもそうだったのかもしれない。世界から切り離された孤独の中で、時間も、他者との距離感も、社会的なモラルまで見失ってしまったのか。そして、もしかすると私も——。

ただ私の場合、死の影は物心ついたときから、すぐそばを通り過ぎていた——クモタカチョウやオグロサイの姿をして。孤独は氷点下の砂漠の夜で経験済みだ。おかげで私はまだ正気を保っていられる。

祖父さまはよく言っていた。「シンイー、思考の淵をたどってはいけない。必ず中心に戻って考えなければ。同じ一点から世界を観察するから、小さな変化に気づける。本質を見極められるんだ」——と。

私は祖父さまの教えどおり、世界をたった一点から見つめ続けてきた。私にとっての世界は、いまも昔も、スコープの中だけに存在する。たとえ照準を合わせているうちに世界が終わったとしても、何の問題もない。直径わずか四十ミリの世界が存在していることが何よりも大事。イオを無事帰還させること——それが私の本質。ところが、それがいまごろになって変わろうとしている。

重力加速度から解放された生活なんて、これまで本気で考えたことはなかった。もしイオがダーク・エイジから離れるというなら、私がここに残る理由はない。

でも、それでどこへ向かえばいいんだろう。イオの守護者としての生活が、船を降りてからも続くとは考えづらい。狙撃手としての私の役目は終わり、イオはパメラのコミュニティーに帰るだろう。そこで始まる新しい生活の中では、私は単なる異物でしかない。

イオがいないなら、防塵設備付きの家なんて建てる意味はない。たった一人で見るヒルギスの夕陽は、これまで見た中で一番悲しい色をしているだろう。

次第に赤く染まっていく降下ユニットがだんだんと恨めしく思えてくる。いっそのこと上がってこなければ、このままずっと二人きりで——とよこしまな考えがほんの一瞬頭をよぎったことを後悔し、いまのは嘘です、すみません——と、パメラやヒルギスの神々に謝罪する。

本気ではないんです。ただ、少し寂しくなっただけ。だから、イオから幸運を取り上げるのはやめてください。お願いします。

そんなふうにして、最初の一年は過ぎていった。建築の勉強も始めたけど、資格を取るには数年の実務経験が必要とわかり宙ぶらりんになっている。

必要もないのに、３Ｄプリンター制御試験の資料を端末に取り込んだときには、ミス・トードに本気で呆れられた。

「シンイー、建築士が自分でプリンターを動かす必要はないんですよ。設計図さえ書いてくれれば、私の同胞が滞りなく、外壁を積んで差し上げますから」

「違うのよ、ミス・トード。あなたの仲間を信じてないわけじゃなくて……」

それではっとして、端末の電源を切る。３Ｄプリンターの基礎さえ押さえておけば、それを使ってハッチョウヅメの銃の改良も自分でできるかもしれないと考えていたのだ。

そんな知識、いまさら必要ない。イオが予知した以上、これは最後のダイブなんだから。

17

鼻の粘膜を突き刺すような、火薬の臭気が漂っている。太陽に熱せられた砂埃と獣の悲鳴を、風が運んでくる。

前脚が千切れたスナジカの子どもが、砂を巻き上げながら、のたうち回っている。それを少し離れた場所から、群れの大人たちが眺めている。

どきなさい、シンイー――と声がかかる。ヨイドレアサで織った羽織を引っ張られて、バランスを崩した私はブッシュの中に倒れ込んだ。足腰の弱さに歯噛みする。左手が怒りに任せて大地を打った。

私のすぐ左隣を、獣のにおいが凄い勢いで通り過ぎていった。仕留め損ねた子どもの親が、角を怒らせ、走り過ぎたのだ。

褐色の乾いた棒のような足が、顔の前の草の中に突き刺さる。祖父さまがハッチョウヅメの銃を構え、立膝をついていた。

総毛だつような鳴き声が聞こえたかと思うと、蹄《ひづめ》が地面を叩く振動がどんどん近づいてきた。ふっ

――と風が途切れ、次の瞬間、ハッチョウヅメの銃声が真っ青な空を駆け上っていった。

どっと、巨体が地面を揺らしながら倒れる音――。

地響きが消えてまた風が吹き始めると、私は草むらから抱え上げられた。

スナジカの親が、額を撃ち抜かれて倒れていた。隣には、もはや動きの少なくなった子どもが横たわり、まだ細い首で母親の乳房をまさぐっている。

私はそこまで連れていかれると、もう一度自分の銃をしっかり握らされた。

楽にしてあげなさい、シンイー――と、祖父さまの声。

子どものスナジカの舌は乾いた砂にまみれ、すでに色を失っていた。呼吸するたびに、あばらの浮いた胴体が、鞴《ふいご》のような音を立てる。

私は右手で銃を構える。銃口の先に、光を失っていくスナジカの子どもの眼があった。

まるで、大きな穴が開いているみたいだった。青空も映っていない。太陽もない。ただ虚ろなだけの穴がそこに開いていた。

私が引き金を引く。遠くで見ていた群れの大人たちが、弾かれたように砂漠を走りだした。

＊

はっと顔を上げる。

「囮《デコイ》ユニット、予定深度到達まで、あと三分――」ミス・トードの声がカウントダウンを告げる。

何だいまのは――。一瞬、幼いころの記憶がよみがえっていた。ここ数日、ときどきあるのだ、過去の記憶が意識に流れ込んでくることが。夜間だけでなく、ときには白昼夢のように、不意に思い出の中に取り込まれてしまう。

新しいメーカーのGピルの副作用だろうか？　でも、いまのは何だか変な感じがする。自分の思い出のはずなのに、まるで誰か役者が演じているような――。

不意に気づいて、思わず声が出た。

「どうしたんですか、シンイー？」ミス・トードのモニターランプが点滅する。

「ううん、何でもない」

そう言って、私は自分の両手を見つめた。

違和感の正体は視点の違いだと、唐突に気づいた。いつもとは世界を見る角度が違っていたのだ。スナジカは左側を通り抜け、左手が地面を叩く。最近の夢もそうだったか思い出せない。――ゲーイーの記憶が、自意識《わたし》まで流れ込んでいる？

「スコープのモニターチェックお願いします、シンイー」

慌てて銃座兼操縦席《ガンピット》のスイッチを入れると、モニター越しにスコープの風景が飛び込んできた。相変わらず血の池のような奈落が広がっている。イオの降下ユニットの姿も微かに見える。

自分が消えてしまうなんてことが、あるだろうかと、ふと思う。自意識がゲーイーの作り出した虚無に侵蝕されるなんてことが。

祖父さまの背後に聞こえた、たくさんの声。ヒルギスの民が連綿と受け継いできた声に、自分が飲み込まれていく様を想像して、ぶるっと震える。

考えてみれば、あのころの祖父さまといまの私の年齢は、さほど違ってはいない。その意味に愕然とし、思考を断ち切るように、ガンピットのアタッチメントに勢いよく足を突き刺した。

長期間の緊張状態で集中が切れることはないんですかと、アクセラレーターの後輩に訊かれたことがある。もちろん切れると私は答える。

大事なのは、切っていい時間とそうでない時間の見極めだ。これぱっかりは経験で摑み取るしかない。

でも、やがてネズミが出現する前の蠢《うごめ》きに自然と気づけるときがやってくる。モニターに映る磁力線のわずかな傾きや、赤色に遷移した光景の濃淡の微かな変化。あるいは、パートナーの表情の小さな変化まで、何がヒントになるかはわからない。そして、ふっと気づく瞬間がくるのだ。前にもあった感覚だぞ——と。

しかし、一番大事なのは集中力ではなく、もっと根本的なこと。要するに、射撃の腕が落ちないようにすることだ。

指先の感覚なんて、一日訓練をさぼれば鈍くなる。三日休めばただの人——とは、ホライズン・スケープで射撃指導官《インストラクター》を務めていた人の弁。

訓練用のブースなんてないトード号で腕を磨こうとするなら、デコイを使うしかない。

元はネズミの目を降下ユニットから逸らすために作られた囮だけど、思ったような効果が得られず、いまでは狙撃手が鈍った感覚を取り戻すための標的としての役割を全《まっと》うしている。ところが、これが意外と好評で、在庫がさばけた後も、どこかの廃棄プラットフォームや辺境の惑星なんかで、細々と作り続けられているらしい。

デコイには一定間隔で明滅するライトが取り付けられていて、その明滅の間隔で、おおよその深度を知ることができるようになっている。一光時間ならこの辺り、一光週ならこの角度と、状況に応じた射撃訓練ができるというわけだ。

もちろん、降下ユニットとの位置関係には細心の注意を払わなければならない。いざネズミを撃とうとしたら、デコイが邪魔で狙えなかった——なんてことになったら本末転倒だ。

重力に引っ張られ、点滅の間隔がだんだん広くなっていくデコイが、まるでサヨナラと言ってるみたいに見える。私は右肩で銃床を支え、デコイの追撃を開始する。

一億キロメートルそこらの狙撃なら、よそ見をしていたって的に当てられる。でも、一光日を超える距離となると、狙撃は指先の問題というより、高度な数学に様変わりする。

まず基本的な弾道を計算しなければならない。次に時空の揺らぎ。今回のようにダーク・エイジが何か天体を飲み込んだときは、特にその影響が強くなる。

そして、もちろん自転の影響も。ほとんど動いていないとはいえ、ダーク・エイジもわずかに回転している。地平近傍の時空はその動きに引きずられるし、外より内がより早く回転しようとするから、それも考慮しないといけない。

一番難しいのは、自身が及ぼす影響だ。パメラ人が自分を含んだ未来を予測するときに誤差が大きくなるのと同じ。銃弾がデコイの存在する時空に入り込んだときに、その時空そのものに与える影響も計算しておかないと、的中させるのは難しい。銃弾に時空が押しのけられて、デコイの揺らぎが大きくなるからだ。

もちろん、数日単位の狙撃では、ミス・トードの計算能力がとても頼りになる。でも、それだけでは生身になったときの力が衰えるばかりだ。

だから、私はあえて自分の左脳で計算する。銃弾が時空に及ぼす影響となると、ほとんど経験と勘に頼っているけれど、それでも、すべてを自分で解決することに意味がある。

ヒルギスでは経験しようもないほどのロングレンジ・シューティング。自力で成功させたときの達成感は、ハッチョウヅメを撃ち倒したときの高揚と等しい。

ところが、着弾までに一週間以上、さらにはひと月を越えるウルトラ・ロングレンジ・シューティングとなると、私自身の論理ではまったく歯が立たなくなる。

ミス・トードの計算ですら怪しい。赤方偏移の程度や、磁力線を解析して得られる情報では、一光月の先に吹く「揺らぎ」という名の風を捉えることは、まず不可能だからだ。

そこで出番となるのが、我が祖神だ。ミス・トードでさえ苦労する、遥か彼方の時空の揺らぎを、どういうわけだかゲーイーは、かなり正確に読み取ることができる。まるで、あらかじめ標的に的中する世界線を選び取っているかのように。

実際、本当にそうなのかもしれないと、ときどき思う。だって、トード号の狙撃は、ヒルギスでクモタカチョウを撃つのとはわけが違う。ゲーイーは一光日なんて距離、見たことも聞いたこともないはずなのだ。

射手《アーチャー》になるまでに積み上げた鍛錬の数々は、本来ここでは役に立たないはず。もちろんホライズン・スケープのブースやデコイ、そして実戦で経験は積み上げてきたけれど、それが、どれだけゲーイーの足しになったことか。

いくらダイブで経験を積んだからといって、それが幼いころの、あの濃密な鍛錬の日々と比較できるかといえば、そうはならないだろう。

もしかするとゲーイーは、私やヒルギスの先祖、これまで進化を積み上げてきた様々な生物種の祖先たちだけじゃなくて、もっと別の何か深遠なものとつながってるんじゃないだろうか。脳がそのための器官なら?

数学者は、現実世界に影を映す、純然たる数学世界が存在すると本気で信じている。人間が計算する以前から数学はそこにあって、フラクタル図形を描き続けていると。

例えば銃弾が的中する未来はすでに存在していて、ゲーイーはそこにアクセスできるということなのかもしれない。あらゆる可能性がすでに床に並べて置かれていて、脳はその中から一点をチョイスして接触を試みる、レコード針のようなものだとしたら――。

私はあり得たかもしれないもう一人の自分に針を落としてみる。その世界線の私は、まだ眉間にしわもない、うぶな女の子で、イオからのプロムの誘いを、少し焦らして楽しんでいる。

私はイオがくれたコサージュを、イオは私が作った白バラのブートニアを胸につけている。音楽が鳴り、私たちは踊り始める。拙いステップのイオを、私が巧みにリードする。

プロムキングもクイーンも関係ない。いつの間にか周りの景色も音楽も消えている。柱時計は刻一刻と時を刻み続ける。午前零時まであとわずか。私たちはたった二人きり、暗闇の中で踊り続ける――。

真夜中の鐘が聞こえた気がして、私はふいに目を覚ます。薄暗い船の中で、明かりはフロアの誘導灯と、重力加速度を示すモニタリングだけ。

降下ユニットのモニターに、イオの姿が仄暗く映っている。イオが私と別れてからおよそ十分。こっちでは、もうすぐ三年の月日が過ぎようとしていた。

18

強烈なビープ音で私は叩き起こされた。夢の残滓が漂っている。プロムの軽快なダンスミュージックが、まだ頭の中でこだましていた。

ふらつく身体をあちこちにぶつけながら銃座兼操縦席《ガンピット》に取りつき、アタッチメントを膝に固定する。バイザーに敵影はない。ヘルメットのサイドを叩いたけど何も現れず、コンソールのタッチパネルを何度もフリックする。

「ネズミが映ってないわ、ミス・トード！　情報、こっちに流して」

「違います、シンイー。ネズミじゃありません」

「違う？」

「降下ユニットが予定速度を超過しています」

モニターのイオを確認する。相変わらず、ほとんど静止したままの無表情——でも、何かがいつもと違ってる気がする。

イオを乗せた降下ユニットが、キロG領域を越えようとしていた。私は回線を開き、すぐに高度を上げるよう、イオに伝えた。嫌な予感がした。予定深度を越えるなんてこと、これまで一度だってなかったことだ。

じりじりと時間が過ぎていく。宇宙はあまりにも広すぎる。光速で投げかけた声も、ダーク・エイジに捕まって時間を食われてしまう。

イオの行動の理由がわかったのは、それから数日後のことだった。私の声が届く前に、すでにイオが連絡をよこしていたらしい。赤方偏移したイオの声を、ミス・トードが予測補正し、正しい音域に変換する。

「何かある。このまま潜航する」

予測変換で作られたイオの声はそっけなかったけれど、大まかな意味は捉えているはずだ。ほんのわずかな声色の違いや揺らぎを手がかりに、ミス・トードは次に続く文節を、蓄積されたイオの会話データから見つけ出し、つないでいく。

私はスコープを覗き込み、降下ユニットを取り巻く赤黒い世界をくまなく探した。でも、何も見つからない。どうやら、まだ私の深度まで届かない何かが、イオの心を捉えたらしい。

「わからない。（解読不能シグナル）……何か、粒子にこれまでにない規則性を感じる」

「いったん高度を上げて、イオ。それ以上は危険だわ」

返事はない。当たり前だ、私の声が届くには、こっちの時間で数か月かかる。イオがさらに潜っていこうとしてるなら、それ以上。ずっとこんな気持ちのまま、私は待ち続けるしかないのだろうか。

悲鳴を聞いた気がしてモニターに目をやると、イオの鼻先に黒い影が見えた。――鼻血が出てる。これはいったい、いつ起こったことなんだろう。声の前か？　それとも後？　もはや、時間の後先がわからない。

「新型のGスーツ、本当に耐えられるようにできてるんでしょうね！」

「一〇〇〇Gまでは」とミス・トード。「しかし、限界領域ではその限りではありません」

一瞬、銃で威嚇しようかと思ったけど、亜光速で通り過ぎる弾丸にイオが気づけるとも思えない。パニックを起こし始めた左脳を探り、何ができるか考える。その途端、またしてもビープ音が鳴り響いた。ネズミが現れたことを知らせる追尾センサーだ。

初めは特に変わり映えしない赤い風景だった。でも翌日になると、降下ユニットのそばの時空が泡立ち始めているのがわかった。相当深い場所だ。そして、その歪み方はネズミにしては大きすぎた。徐々に浮かび上がる六つの赤黒い影を、ミス・トードは六体の仮想実体《ネズミ》と予測した。

私はすかさずバイザーが示す予測領域めがけ、六発弾丸を撃ち込んだ。早期発見、早期治療が肝要。遥か先の未来に向けて、私はさらに三度引き金を引く。

三日後には、ミス・トードの予測が外れていることがわかった。ネズミと思われたものはほとんど座標を変えず、さらに、懸念されたヒト型にも成長しなかった。

それは何か幾何学的な模様のように見えた。放射状に並ぶ六体の影は、個々の物体というより、まとまって動くチームのようだった。ゆっくり回転しながら時空から浮上してくるその様子は、まるでアーティスティックスイミングのダンサーだ。

ふと、奇妙な想像が脳裏を掠めた。シンクロしながら浮上するあの六つの影が、もし……もしもだ、ある巨大なネズミの一部が露出したものだったらどうする？　あれが一つの仮想実体の六つの部分なら、連動して見えるのは当然だ。

次第に色が濃くなっていく影を見て、想像が確信に変わっていく。私が真実にたどり着く前に、すでに左の人差し指がうずき始める。

時を置かずして、ミス・トードが間延びしたイオの声を補正して可聴域に流し込んだ。

「どういうことだろう。シンイー、彼らが実在してるなんて」

モニターの中では六つの影が、赤黒い空間をひねり上げていく。

ハッチョウヅメが振動する。私の意志とは無関係に発射された弾丸が、立て続けに漆黒の穴をなだれ落ちていく。左腕がうずく。指先が燃えるようだ。


それからの数か月、私は歯嚙みするような思いでイオを見つめ続けた。

最初に撃った六発の弾丸が、いまようやく六つの影を時計回りに撃ち抜いていく。ウォーターベア印のビア樽型弾丸が命中するたびに、赤黒いリング状の雲が六つ、着弾点からゆっくり滲み出すように立ち昇っていく。

続いて三発。リング状の雲が千切れ、ネズミの表面が露わになる。でも、本体はわずかに下に沈んだだけ。どうしてだろう？　ビア樽型の重量弾を亜光速で食らったにしては衝撃が弱すぎる。

「仮想実体、上昇を続けています」と、ミス・トード。

左のこめかみを、汗が流れていく。汗腺を司るのが脳のどの部分なのか知らないけど、少なくとも左半身は右脳が支配する領域のはずだ。だとしたら、冷や汗を流したのは私ではなく、右脳にいるゲーイーだ。

本能の恐怖を憂うべきか、それとも、理性がまだ保たれているのを喜ぶべきか……。

数日単位で、時空が粘性を持ったかのように、ねじれながら盛り上がっていく。そして――盛り上がった丘の頂上が、膜が破れるように割れて、ついに何かが姿を現した。

それは最初、巨大な角のように見えた。ライブラリーでしか見たことがない、いまは絶滅してしまった動物たち――例えば、オリックスやガゼルのような草食動物が持つ、ねじれた角のようだと。

しかし、その角の先端に六枚の短い羽根のようなものが見えたとき、頭の中で閃《ひらめ》くものがあった。

「ミス・トード、ホライズン・スケープに至急連絡。ネズミの正体が何なのか、いまようやくわかった」

もっと早く誰かが気づいてしかるべきだったのだ。私たちが、ダーク・エイジが吐き出す分厚い放射の中で何と戦っていたかを。何に弾丸を撃ち込んできたのかを。

イオが口ずさむ、リズミカルな歌声《スキャット》がよみがえる。――ピンクロン・ノーマン号。タガの外れた一家の地底探査船が、いままさに時空から飛び出そうとしている。

考えてみれば、あり得ない話でもないのかもしれない。意識は現実に作用する。ヒルギスの呪術師にだって何万分の一かの確率で現実を変えることが可能なのだ、地平近傍にいるパメラ人なら、占いや風水以上のことをやってのけたとしても、それほど不思議ではないのかもしれない。

「イオたちパメラ人が、対発生する仮想粒子の片割れを観測していると仮定するならですが」と、ミス・トードが語りだす。「事象の地平面に落ちたほうの仮想粒子はそこで地平の情報と絡み合い、その量子状態はただちにイオ側の仮想粒子に共有されるでしょう。そして、その量子状態がイオの脳内の微小管で収束することにより、地平の情報が彼の意識下に姿を現すわけです」

「微小管――ドクター・アティエノの研究ね」

「ええ。問題は、量子絡みあい《エンタングルメント》の状態にある粒子に行われた作用は、対になった粒子のどちらに行われた作用か区別できないことにあります。量子力学的に。そのおかげで、地平面の情報がイオの頭の中で実像を結ぶわけですが、その逆もまた起こり得るということではないでしょうか、おそらく」

「つまり、イオの頭の中で起こっていることが、逆に地平面にも作用してしまう？」

「あんなものが出現した以上、そう考えるのが一番理に適っているかと」

　イオの想像は、電気信号となってニューロンを流れ、微小管の仮想粒子と量子力学的に絡み合う。そして、その情報がもう一方の仮想粒子を通じて地平面で収束すれば、想像は放射となって燃え上がり、半具現化して姿を現すだろう。

　完全に具現化したといえないのは、あれがブラックホールの重力を振り切れるはずがないからだ。もちろん、ノーマン号を収容できるほど巨大な宇宙船にでも乗せて運び去れば可能かもしれないけれど、あんな重いものをブラックホールの重力から引きはがすほどの推進力となると、反物質を使っても現状ではとても無理な話だ。

19

ウォーターベアの重量弾が、雨あられとノーマン号に降り注ぐ。でも、どの弾丸もドリル付近で軌道が曲がり、致命傷を与えられない。信じられないことに、弾丸が弾き飛ばされているらしい。

常識的に考えれば、亜光速の弾丸を跳ね返すドリルなんて存在しない。でも、あのノーマン号は、イオの想像力が作り出した架空の存在だ。彼の考えるドリルが強ければ強いほど、それは無敵の存在になり得る。真空の揺らぎと事象の地平面が、あらゆる事象の誕生を許可しているからだ。

また、こめかみを汗が流れ落ちる。あれは始末に負えないと、私の半身が囁く。亜光速の運動量を弾くなんて、常軌を逸していると。

果たしてそうだろうかと、私は思う。ヒルギスの民は、ハッチョウヅメの巨体を前にしても怯《ひる》まない。恐怖を理性で従えられる。私たちヒルギスの民が、頭の中でゲーイーの隣にいることを許される、それがたった一つの理由だった。

「ネズミにベクトル変化の兆候！」

ピンクロン・ノーマン号が、降下ユニットを目指して進撃を開始する。対消滅と似た力かもしれない。まるでノーマン号自身が、非現実的な自分を消滅させようと、躍起になってるみたいだ。

ロックを外し、ハッチョウヅメの銃をガンピットから引き抜くと、帯電した粒子が青白い火花となって辺り一面に飛び散った。強力な重力のせいで銃身が床を引きずり、トリッシュと並んで歩いた、あの夕刻がフラッシュバックする。

祖父さまの声が聞こえる――シンイー、大物を狩りたいか？

コンソール下の収納ボックスとイオの荷物を漁り、ウォーターベア印のGピルをあるだけかき集めた。リキッドタイプのGミールと一緒に噛み砕き、警告音も無視して飲み下していく。

痺れるような苦みが舌の上に広がっていく。どれほど即効性があるかはわからない。とにかく早く、強い効き目が欲しい。

「ミス・トード！　奈落での活動時間を計算して！」

予備弾倉を体に巻きつけ、その端をハッチョウヅメに差し込む。「いざというとき」が存在したと、記憶の中のスグルに微笑みかける。結局あの後、船外活動できるように、ハッチョウヅメの弾倉まで改造してもらっていたのだ。

重い体を引きずり、トード号のハッチに手を掛けた。この船を道連れにすることはできない。奈落までトード号で下りていっても、この巨体を引き上げるだけのエンジンパワーはない。それでは、イオがホライズン・スケープに帰れなくなる。

「――活動時間は、せいぜい三秒。でもシンイー、あなたのバックパックでは戻って来られませんよ」

いつもは無表情なミス・トードの声が、なんだか妙に湿っぽく聞こえる。

「ありがとう、ミス・トード。でも行かなくちゃ」

ハッチに置いた左腕が、棒のように固まって動こうとしない。

覚悟を決めなさい、ゲーイー。

生に拘泥する神様を右手で無理矢理引きはがすと、私はブラックホールが作り出す闇に身を投げ出した。猛烈な加速が、私を凄まじい速度で奈落に引きずり込む。

――と、次の瞬間、とても信じられないことが起こった。頭上までせり上がっていた事象の地平面が、あっという間に足下の黒い円盤に縮んでいく。ダーク・エイジから一瞬で引き離されてしまったのだ。

「落ち着いて、シンイー」と、間延びしたミス・トードの声。「現在のあなたが自由落下者《フリーフォーラー》で――あることを忘れ――ないで――……」

ミス・トードの声は回転の遅くなったレコードのように低く掠れて、それきり聞こえなくなった。

そうだ、私はちゃんと地平面に近づいている。前方の景色は光行差で小さく見えているだけだ。それが証拠に、上空は赤方偏移で赤く染まっている。外宇宙が私から亜光速で遠ざかっているからだ。反対に、地平面方向は青方偏移で明るくなって、注意しないと可視光すら紫外線以上の高エネルギーになって、視神経を焼かれてしまうかもしれない。

私は体を反転し、上空を見上げた。いまや赤方偏移は行き過ぎるところまで行き過ぎて、ほとんど星は灯《とも》っていなかった。ミス・トードの声どころか、星の光すら私に追いつくのに苦労している。偏移を免れた横方向からの光だけが縞状に明るく流れて、まるで色のトンネルの中を落ちていくみたいだった。その縞模様一つ一つが、一つの時代を表しているのではないかと、埒もないことを考える。

亜光速の景色。この時間にいるのは自分だけだという感覚――。

「ハイ、シンイー」

突然呼びかけられて面食らう。そうだ、私は一人ではなかった。

「道連れにして、ごめんね」

「いいんですよ、シンイー」と、ミス・トードの分身が言う。「最後までお供しますとも。――それより、そろそろですよ」

トード号であんなに長く待っていた時間が、重力に浸かると、わずか数分で飛ぶように過ぎていった。スーツの背中側で、何かが切り替わったような感触――。

「カウントダウン開始」

バイザーが全面、警告ランプに覆われる。歯を食いしばり、衝撃に備えた。

「バックパック、点火」

反物質エンジンが咆哮を上げ、私の体を重力と拮抗させようとする。凄まじい重力加速度が、一気に私を押し潰そうとする。

再びダーク・エイジが伸長を始めていた。漆黒の壁がせり上がり、外宇宙が視角十五度ほどの、天空の円盤に巻き込まれていく。

圧倒的なGで、バイザーが嘔吐物に濡れる。燃える放射が一気に私を包み込み、そして――ピンクロン・ノーマン号が、そこに出現していた。

全長二十メートルはあるだろうか。赤褐色のボディから、鈍色に光る巨大なドリルが宙に突き出ている。

上で見た印象よりマッシブなのは、重力偏移の影響が薄らいだせいだろう。いまは「モグラ」という愛称にぴったりの、どっしりとした体軀だ。

驚いたことに、コックピットに人影が見えた。四つ並んだ座席に、ノーマン一家が腰をかけている。末端に末っ子のボーイ。その隣にいるのは生意気な姉シャーロットだろうか。ノーマン夫人は計器類に目を光らせ、操縦桿を握っているのは、かのピンクロン・ノーマン上等兵――ひと筋の光明を信じ、誰よりも深く穴を掘り続けた男。

ノーマンは真面目くさった表情でコックピットの窓から前方を見据えている。ただし、その顔は塗りの荒いマネキン人形だ。これとそっくりなスケールモデルが、イオの部屋にあったのを思い出す。

「活動限界まで、残り三秒、二秒、一秒――」

バックパックが停止するのと、私がノーマン号に取りつくのがほとんど同時だった。着地の衝撃でGスーツの膝関節からガスが噴き出し、両足の内側が黒く染まる。

ダンパーに使っていたオイルだろうか？　放射が取り巻く赤い景色の中では、それがまるで自分が流した血に見える。

想像以上の力に押さえつけられ、とても立っていられない。私は両手をついて何とか体を支えた。実在しているかどうかもあやふやなのに、手のひらにしっかり甲板の感触があるのがとても奇妙だ。

ブラックホールの放射は、重力に抗うからこそ視覚化される。自由落下する人間には、決して見えない現象だ。

だったら、放射されたノーマン号に支えられている私はどうなんだろう？　重力に対抗したからノーマン号が現れ、今度はそのノーマン号に支えられて重力に抗っている。まるで、ニワトリが先かタマゴが先かの論争みたいに。

すべて架空の出来事だからだろうか？　決して外からは観測されず、結局はすべて地平に落ちるから、何が起ころうと許される？

ノーマン号のコックピットの先に、時空に歪んだ巨大なドリルが、やや上に湾曲しながら突き出している。そのずっと先に、イオの降下ユニットがぽつんと浮かんでいるのが見えた。ノーマン号の異様な存在感に比べ、その姿はあまりにも寄る辺ない。

Gスーツの助けを借りながら、這うように甲板を進んだ。アドレナリンが踊る。触発された細胞中のナノ粒子が、クマムシの力で重力を押し戻そうとする。

まったく無謀な賭け——でも、勝算はあった。ハッチョウヅメの突進を止めるときと同じだ。硬い鎧は撃ち抜けない。だけど、鎧の隙間なら？

物理法則を無視した極端な設計を見る限り、ノーマン号のドリルは船体重量の半分以上を占めている。その根元の一番細い部分を打ち砕けば、分裂した運動量がノーマン号の軌道を逸らせてくれるだろう。時空構造の不安定な光子半径内で軌道を保つのは、テーブルにコインを立てるのと同じくらい難しいのだ。

甲板の継ぎ目に爪を立てるように、指先に力を込めて前進する。

何かが目の前を通り過ぎて、一瞬怯む。熱を感じた気がした。イオはいつもこんな過酷な環境で戦っていたのか。絶え間ない振動と焼けるような痛みで、少しも頭が働かない。

「ネズミ発生、四時の方向！」

直後に強烈な衝撃――。吹き飛ばされた私は甲板を滑り落ち、途中のキャットウォークに腕を絡ませて体勢を立て直す。

スーツに致命的な損傷はない。心の中でラボのみんなと、トリッシュに礼を言う。もしイオの部屋にあったスケールモデルに手を抜いていたら、ここにキャットウォークは存在しなかったかもしれない。

「ネズミです、正面！」

ハッチョウヅメを脇の下に滑らせ、前方に二発。ノーマル弾が甲板を滑るように走り、接近していた熱い放射の塊を散り散りに弾き飛ばす。

「続いて八時！」

反転して引き金を引く。爆風が両頰を掠めていく。

「何これ――ネズミに狙われてる⁉」

「微小管内の粒子と地平面に落ちた粒子が量子状態を共有するという話が正しいなら、あなたも注意が必要です、シンイー。細胞に微小管があるのは、人類に共通の特徴ですから」

「どういう意味？」

「この深度には十分すぎるほどの放射物質が存在します。概算ですが、あなたが仮想実体を誘発する確率は、初期のパメラ人たちが、初めてネズミと遭遇したときとほぼ同じです」

「やめてよ！　冗談じゃない！」

斜め上方から凄い勢いで突進してくる熱の塊があり、片手でキャットウォークを摑んで、身を逸らした。ネズミの動きに既視感を覚える——何だ、いまのは？

キャットウォークを乗り越え、またじりじりとコックピットの先を目指す。上空から羽を広げたネズミが降ってきて、すんでのところで身をかわす。

何も考えるな、何も考えるな——と、さっきから心で念じている。でも、ネズミは消えようとしない。へばりつきながら、とにかく前方を目指した。いま起こってることが、何となくわかってくる。

前方に現れた、赤黒く、大きな塊のような仮想実体の脇に、小さな光の渦があるのを見て、自分の考えが確信に変わる。私は自身の咎《とが》の代償を払わされているのだ。

「十二時にネズミ二体！」

「わかって——るっ！」

連続射撃で放射が飛び散ったその中から、母の敵《かたき》を討とうと、小さな影が走り出てくる。私は肩でハッチョウヅメを固定し、今度こそ狙いを外さないようにと、確実に獲物を射程に入れた。

未来予知に長けたパメラ人たちが何人もネズミにやられた理由がよくわかった。自身を含む予測の不確実性だけが理由ではなく、ネズミ発生のメカニズムが、よりこの災厄を避け難いものにしている。

考えたくなくても、考えてしまう。頭を空っぽにしても、思考を完全に止めてしまうのは無理な話だ。なぜなら、私たちは自分自身の、完全な王ではない。自分の意志では制御できない、無意識というものが存在する。

パメラ人もそれは同じ。もしかすると最後の瞬間、仮想実体が生まれる理由に気づいた人もいたかもしれない。でも、ネズミを消すことはできなかったはずだ。無意識の思考がそれを許してくれないから。

私の場合、ゲーイーが理由になる。いくら何も考えないでおこうと意識しても、右脳に蓄積された狩りの本能が、無意識に次から次へとネズミを誘発する。

私を襲っているのは、かつて狩った獣たちだ。いま復讐の狼煙《のろし》を上げて、私を地平面に叩き落とそうと手ぐすねを引いている。

それでも――。

できるだけ体勢を低くして這うように進む。これで襲いかかってくるネズミの角度を、ほぼ半分防ぐことができる。気になるのは上空だけだ。ミス・トードのセンサーを頼りにネズミを避けながら、仰向けになって必死に足で甲板を掻いた。

でも、次第に力が奪われていく。一〇〇〇Gを超える重力加速度が、私を甲板に貼り付ける。

「バックパック、イジェクトできる!?」

「やってみます」と、ミス・トード。

背中が軋んだかと思うと、スーツから切り離されたバックパックが、推進ユニットごと一瞬で甲板を滑り落ちていった。これで少し動きやすくなる。私に狙いを定めていたネズミの何体かが、その勢いに巻き込まれて時空に消えていった。

甲板の傾斜がさっきよりきつくなっている。見上げるとイオの降下ユニットが、ずっと近くなっていた。

「衝突まで、残り一分三十秒」

ミス・トードが無慈悲なカウントダウンを始める。その間も、四方八方からネズミが襲いかかる。スナジカにオグロサイ、クモタカチョウの影も見える。輪郭ははっきりしないけど、気配を感じる。私を奈落に墜落させようという彼らの意思は、私があのころ抱いた殺意と、まったく同じ強さの反対向きの力だ。

ハッチョウヅメが連続で火を噴く。でも、限界が近づきつつあるのが自分でもわかった。肘の関節からガスが噴き出る。足下に向かって銃弾を一発——ところが、頭上がおろそかになった。ミス・トードの警告と同時に、クモタカチョウが頭上から舞い下りるのがわかった。

万事休す——。

でもそのとき、何かが上空から降ってきて、クモタカチョウの攻撃を私から遮った。憤怒の炎は私を避けるように、左右に分かれて甲板を流れ落ちていく。

頭の上の甲板に、くの字型の壁が突き刺さっていた。——遮蔽板《ディフレクター》だ。トード号が発進するとき、その後部に設置されるような。

「シンイー、大丈夫⁉」

玩具の人形のような甲高い声。――イオ！

Gスーツのミス・トードが補正してくれて、ようやくまともな会話ができるようになった。リアルタイムで声を聴くのは何年ぶりだろう。胸が詰まって返事ができない。

「私は問題ない。そっちは？」

「大丈夫。でも――」

「いまのディフレクターは何？」

「あ、うん。ネズミだよ。仮想実体。放射から僕が取り出したんだ」

「ネズミを作れるようになったの⁉」

「一から作ったわけじゃないよ。放射の中に、むかし地平に落ちた船の部品が紛れ込んでたんで、そのエントロピーを逆向きにたどって、地平と反応させて再現したってわけ」

何てことだ！　つまり、ノーマン号が無意識の仕事なら、あのディフレクターは自意識の仕事というわけだ。

「じゃあ、ネズミの正体に気づいたのね？」

「うん。僕のせいだ。こんな大きな船が出ちゃったのは」

「何とかノーマン号を消せない？」

「無理みたい。あんなにたくさんビデオを見なきゃよかった」

九時の方角からスナジカが現れて、ハッチョウヅメ一発で仕留める。続けてオグロサイらしき巨大な影が現れたけど、仕留めきれなかった残りの放射を、イオがまたディフレクターを突き刺して防いでくれる。

「その板でノーマン号のドリルの根元を狙えない？」

「でも、そんなことしたらシンイーが――」

「いいのよ。……どっちにしろ、私はもう戻れないんだから」

通信が途切れる。また横手からネズミが現れる。今度は大きい。幅五メートル以上。こんなに大きい影となると、ハッチョウヅメくらいしか考えられない。

ヒルギスで見かけたのとは比べようもないほどの速度で巨体が迫る。ディフレクターが一瞬遅れ、千切れた脚が何本か勢いよく私に迫る。高速度で鳴らした私の連射も、一瞬間に合わず、分厚い放射が私の腹を打つ。凄まじい音が聞こえ、ろっ骨が折れたのがわかった。

「シンイー！」

「大丈夫！　それより、早くドリルを！」

バイザーに緑のインジゲーターが灯り、胸部全体が圧迫される。脇腹にちくっと痛みが走り、「医療用ナノ粒子注入」とミス・トードの声。

イオがいる上空に放射が出現し、ドリルめがけて何かが降ってくる。

でも、心の迷いが仮想実体に反映されている。ディフレクターは形を成さず、降下途中で渦を巻き、イオのユニットめがけて引き返していった。衝撃で降下ユニットが揺れる。これでは逆効果だ。

「無理だよ、シンイー！　僕にノーマン号は墜とせない！」

そうだろうな、とは思っていた。優しい子だから。いじらしいけど、腹立たしくもある。私の未来はもう決まってるっていうのに。

「階段を作るよ。それで——」

「私をユニットに引き上げる？　それで、どうやってトード号に戻るつもり？　降下ユニットの出力じゃ、一生かけても二人を、あの高度まで運べないわ」

ネズミをまた一体撃ち落とす。バイザーのカウントダウンが気になる。こんなに地平の近くにいるのに、カウンターの時間は少しも遅れてくれない。

「行くわよ！」と告げて、私は再び甲板を這い上がっていく。

「完治には八時間の安静が必要です」とミス・トード。

「時間がないの。何とか手伝って！」

Gスーツの圧迫が強くなり、思わず声が漏れる。血の味がする。

全方位にネズミの兆候——。「六時、二時、八時、五時！」という、ミス・トードの掛け声に、一瞬気が遠くなる。

もう駄目かもしれない——と思ったとき、突然上空に閃光が走り、放射の厚い雲がコマのように渦を巻いた。六つの光が仮想実体化しながら次々と甲板の上に落ちてくる。

まるで十戒のように、ドリルまでの道が、次々とディフレクターに囲われていく。

私はその間を四つん這いになって必死に駆け上がった。治療中のインジケーターは灯ったままだ。痛みが限界に来ている。そのことがおかしくて、少し笑ってしまう。だって、痛みは生存を促すための警報装置のはずだ。未来が決まった私に痛みなんて必要ないはずなのに。

十戒の道から抜け出し、ようやく私はノーマン号の本体とドリルの隙間まで到達した。シャフトは直径約百五十センチ。思ったとおり、接合部は脆弱に見える。

冷静にドリルのシャフトに狙いを定め、足を踏ん張って引き金を引いた。命中した通常弾が跳ねて、赤く燃えながら奈落に消えていく。

続けてもう一発。一発目と正確に同じ場所に命中した弾丸が、コマのようにその上で踊りながら回っている。まだ足りない。

オグロサイを連撃で倒した、祖父さまの横顔がよみがえる。

私は一斉射撃で、残りの弾丸を一気にぶっ放した。寸分違わぬ連射を一点に受けて、ドリルの軸が赤く輝き始める。

「お願い！」

最後の弾丸がついに、軸の中央から真下に貫通する。カウントダウンは残り二十秒。ついにドリルが傾く。

「三時の方向――シンイー危ない！」

凄まじい衝撃――バイザーが鮮血に染まった。

コンマ何秒か、気を失っていたようだ。

気がつくと、放射で茜色に染まった空が、見渡す限りどこまでも広がっていた。

私はノーマン号の甲板から宙に放り出されていた。外宇宙を丸めた円盤が、天高く輝いている。その中心に、ノーマン号の船影の揺らめきが見える。

ペトリコールは匂わなかった。私にとって死の匂いは、血と嘔吐物が混じった、鉄さびの匂いだ。これまでの出来事が、アルバムをめくるように頭の中を通り過ぎていく。ヒルギスからの旅立ち。イオとの出会い。出現しては消えていくネズミの群れ。コンマ数秒にも満たない刹那の時間なのに、無限に続くかのような永遠を感じる。

――でも、それも終わりだ。

ダーク・エイジが凄まじい力で私を引きずり込んだ。世界が私を置いて遠ざかる。赤方偏移した深紅の円盤が一瞬で空全体に燃え上がり――そして、私は太陽の匂いを嗅いだ。

体が跳ねる。クモタカチョウのさえずりが聞こえる。食いしばった歯の隙間から、地鳴りのような呻き声が漏れ続ける。

目の前の空間に、鈍色の輝きがとぐろを巻いて立ち上がるのを、私は確かに見た。輝きの中心には何かがいて、巨大な光の弓を持ち上げている。

――ゲーイーだ。私の右脳と地平が反応して飛び出した放射の巨人が、真っ赤な太陽と化した外宇宙に、目を眇《すが》めているのだ。

山のように盛り上がった背中の筋肉が不意に緩んだかと思うと、ゲーイーの放った光の矢が赤い空を一直線に切り裂き、ピンクロン・ノーマン号の胴体を鮮やかに刺し貫いた。

ノーマン号の胴体に、暗いうろのような穴が開き――次の瞬間、その穴の中心めがけて船体はねじれながら収縮し、火花を飛ばしながらバラバラに弾け飛んだ。

ノーマン号を作っていた仮想粒子の欠片が、夥《おびただ》しい数の飛び火となって時空を流れ落ちてくる。地平に向かって落下しながら、私はそれをぼんやり眺めている。

まるで夢の中の光景だった。実際、これが本当に起こったことなのかどうか、誰も知り得ないのだ。この記憶は誰に観測されることもなく、私と一緒に事象の地平面を越えるだろう。

私は再び自由落下者《フリーフォーラー》になっていた。放射の厚い層は姿を隠し、ゲーイーも、イオの降下ユニットさえ、もう見えない。外宇宙は赤方偏移の彼方に消えて、何も存在しない暗いトンネルの中をどこまでも落ちていく。

痛みはないはずだ。あれほど粗暴だった事象の地平面も、自由落下者には優しい。

私の速度は光に近づき、世界線は逃れようのない一点に集約されていく。

それと呼応するように、思考も収束する。自由落下とは名ばかりの、一つのことしか考えられなくなる。

イオ――。

幸せになってね。いつか世界の流れに戻れたら、モニュメントに花を飾ってくれる？　ヒルギスの砂漠に沈む、夕陽のような色の花を。

そして、もしもこの世界を越える方法が見つかったら――イオが見つけたら――そこに私がいないか――探してほしい。

20

薄暮の明かりを背に、誰かが語りかけている。
父さま？　母さま？
懐かしい香りがしたけど、どこで匂ったのか思い出せなった。
私は誰かの腕の中であやされていた。背中をトントンと叩く温かい手。
また泣いていたようだ。
言われるがまま、私は目を閉じた。久しぶりに、心からの安らぎを感じた。

*

目を開けると、見知らぬ天井だった。
マスクをした中年の男女が、私を見下ろしている。

彼らに促されるがまま、ゆっくりと呼吸した。すぐに咳き込み、体を傾けると、用意されたトレイの上に、薄く色づいた液体を吐き出した。

数年の間、冷眠《コールドスリープ》していたと告げられる。同意書がないことが問題になるかもしれないが、どちらにしろ、今回は連邦の対仮想実体システム開発部が治療費を全額受け持つので心配ないとの話だった。

数時間後、すっかり髪の白くなったスグルがやって来て、状況を説明してくれた。

私を助けたのはイオだった。

イオはダーク・エイジの放射に溶け込んだ私の情報《エントロピー》をQETで逆向きにたどり、意識が事象の地平面と作用することを利用して、私を再現してしまったのだ。

正確に言えば、その時点で私はまだ実在していなかった。一匹のしがない「ネズミ」だった。

イオは仮想実体の私を降下ユニットに拾い上げ、トード号まで連れて帰ると、ダーク・エイジの円周、およそ四分の一の距離まで引き離し、本当の意味で実体化してしまったというわけだった。

でも、そのせいで帰還がかなり遅れてしまった。降下ユニットは一人乗りで、質量が大きくなれば、そのぶん加速するのに時間がかかってしまうからだ。

イオのバックパックの燃料を併用することで、時間に甚大な影響を及ぼす領域は早めに抜け出せたものの、その後の加速に費やす燃料が十分に得られず、トード号にたどりつくころには降下ユニットの主観時間で、およそ六年の月日が流れていた。

「イオ君も頑張って燃料をかき集めたらしいんですが」

目を丸くした私にスグルが笑いかける。

驚くべきことに、イオは六年もの長きにわたり、燃料が空になるや、放射から燃料になる物質を再現し、燃料タンク内に供給し続けたらしい。ブラックホール近傍の放射には、ありとあらゆる物質が含まれているから、その軌跡を読んで燃料に使える正物質と反物質を取り出すことは、比較的容易だったのかもしれない——少なくとも、私を再現することに比べれば。

また、予定時間を大幅に超える潜航を可能にしたのは、ミス・トードの手柄も大きかったという。ノーマン号が撃沈したのを見るや、彼女はイオの帰還を信じて船体の改造に踏み切ったというのだ。最新型のＡＩとはいえ、これは前代未聞の行動だった。ラボの人間の中には、この自己犠牲の精神を、自我の目覚めと捉えても良いのではないかと言う者までいたという。

ミス・トードはホライズン・スケープに戻ることだけを第一義に考え、不必要なパーツを廃棄し、質量を極限まで軽量化した。さらに、廃棄したパーツは分解して推進剤として利用するという離れ業《わざ》までやってのけ、おかげで巨体を誇ったトード号は燃料タンクに申し訳程度の部品がぶら下がった、ヒキガエルというよりクラゲに近いフォルムになってしまったけれど、最低限の燃料を確保することに成功し、イオを迎え入れることができたというわけだった。

このミス・トードの判断がなければ、トード号はやがて燃料が尽きて、ダーク・エイジに転落するしかなかっただろう。探査船の高度になるとブラックホールの放射はずっと大人しくなるので、反物質エンジンに必要な燃料をその中から取り出すのは、奈落の底にいたときよりずいぶん難しくなるからだ。

ただ、トード号のGミールは当然、口にできる状態ではなくなっていたし、奈落を出ると放射から追加できる燃料もたかが知れていたので、イオは実体化した私をすぐさま冷眠させるとミス・トードに管理を任せ、自分も冷眠状態に入った。そこからまたしても、亀が這うような二年の旅路――。

ＡＩの力を借りたとはいえ、まだ幼い少年にとって、たった一人でこれだけの判断を下さなければならなかったことは恐怖だったはずだ。冷眠の手続きや費用なんていう些末なことに頭が回らなくても当然だろう。ただ、いくつか疑問が残った。

私の視線に気づいたのか、スグルは――いや、スグルに似た老人は微笑んだ。

「ええ。私はスグルの息子です。父が亡くなったのはずいぶん前ですが、きっといまごろ向こうで安心していますよ。最後まで、あなたたち二人のことを気にかけていましたから」

病室の白いドアが開いて、すらりと背の高い青年が姿を現した。抜けるような色の白さと銀髪がなければ、イオと気づけなかったかもしれない。表情にまだ幼さは残っているけれど、すっかり青年の顔つきになっていた。

イオはベッドの横に来ると、「長旅だったよ」と笑いながら言った。「でも、いつもシンイーはそうやって、僕を待っててくれたんだね。……ありがとう。僕にもようやく時間がどういうものか、少しだけわかった気がするよ」

感謝なんてどうでも良かった。イオが無事だったことがただ嬉しかった。

そして、彼の時間を奪ってしまったことを、とても申し訳なく感じた。多感な青春時代を、六年以上も奪ってしまったのだ。いったいどう償えばいい？

「言ったじゃないか」とイオが笑う。「最初の日に、僕はちゃんと言ったはずだよ？」

そんなこと、できるわけない。でも、イオは嫌がる私をベッドから抱え上げた。

近くで見るイオの精悍さは信じられないほどだった。抵抗もできないまま私はベッドから降ろされ、久しぶりに程よい重力の重みとリノリウムの冷たさを足の裏に感じた。少しバランスを崩してしまい、思わずイオの足にしがみつく。……あれ、足？

何かがおかしかった。見上げると、イオの顔が遥か上のほうにある。

彼は私の髪をくしゃっと撫でると、「その前に、早く大人にならなきゃね」と笑った。

鏡に映った私は、年端もいかない少女だった。あっけにとられ、ざんばらに伸びた髪の毛に手をやる。頭の傷がない。刺青もない。

おかしなところがありすぎて混乱が治まらない。これは冷眠の副作用なのだろうか。


もちろん、副作用ではなかった。イオの前後脳をもってしても、放射に紛れた私の情報を、全部は拾い集めることができなかったのだ。物理的な意味でも、時間的な意味でも。

イオにできたのは、私を赤ん坊の大きさに再構築することだけだった——もちろん、Gスーツ込みで。時間は限られていたし、また、イオと私の二人を乗せて降下ユニットを上昇させるには、できるだけ質量を小さくする必要があったからだ。

その際、ゲーイーは切り捨てられた。奈落が及ぼす時間遅延を考えれば、不要な情報にかまけている暇はなかった。

仮想実体だった私は半覚醒状態のまま、六年かけてトード号に戻ることになった。その間、イオは一向に覚醒しない私の面倒を見ながら、ひたすら時間が過ぎるのを待った。食事は降下ユニットのわずかな備蓄と、放射から再現したパンやミルクでまかなった。

パンやミルク!? ブラックホールの放射からそんなものを取り出してしまうなんて、いったい何者なんだって話だ。

それと同じくらい気になるのは、私がいったい何者かということだろう。いまここにいる私は、イオに再現された私なわけだし、記憶の大部分も、彼の再現と語りかけに依存している。イオの都合のいいように記憶を書き換えられたところで、私に気づくことができるはずがない。最初の日の二人の内緒話が本当にあったことなのかどうかも、いまとなっては確かめるすべもない。

それにしても、パメラ人とはいったい何者なのだろう。人間を再現してしまうなんて、通常の進化で、そんなことが起こり得るものだろうか。

私には、人間からパメラが生まれたと考えるより、パメラから人間が生まれたと考えるほうが、むしろ理に適っているように思える。パメラは昔からパメラだった。人間はそれに似せて創られた人種かもしれない。何らかの理由で、時間より空間を優先する種として、あるいは事象の地平面から……。

パンとミルクのくだりあたりから、私の頭の隅っこにちらついているものがあるけど、それを言葉にするのはやめておこうと思う。何しろ、イオは私と結婚するかもしれない男の子だ。そんなものを夫にするなど、考えただけで畏れ多い。

ラストミッションの報告を終えると、私たちは久しぶりに遊技場を訪れた。方々から連れてこられた子どもたちが、弾けるような笑顔で駆け回っている。

いまはまだ何も知らない子どもたち。いずれ、連邦を強制徴集の敵と憎むことになるのか、それとも、はした金で自分を売り飛ばした親を怨むか。

昼休みの終わりを告げるチャイムが鳴って、子どもたちが学習室へ引き上げていく。まだ動きを止めていないボールが跳ねて、壁際のところで震えて止まった。

砂場にいまでは珍しくなったプラスチック製のシャベルが転がっている。可愛らしいネコのキャラクターがプリントされているけど、私には見覚えがない。もし、さっきの子どもたちが奈落に下りたら、このネコに襲われることになるのだろうかと、ぼんやり考える。

報告の後、これまでに見つかったいろんなネズミの映像を見せてもらった。大きさも形も実に様々。共通しているのは、アクセラレーターが好んで止まないものごとが地平近傍から飛び出すことだ。

例えば初期の巨大ネズミによく見られた鳥のような影は、現代の映像技術で処理すると、パメラの天使だったことがわかったらしい。信心深いパメラ人らしい仮想実体だ。

一方、人間が放射として現れた事例も多く、やはり私たちが調査に向かったあの事例で出くわしたネズミは、アルビスの姿をしたヒト型だったことがわかっている。かなりショックだったけれど、私が放った弾丸が到着したときには――あれがまだ実在とは呼べない事象だったとはいえ――降下ユニットとの衝突で、すでに生きていられる状態ではなかったはずなので、その事実を何度も心に刻んで、何とかやり過ごそうとしている。

いまのところ、心の平静を保つことにどうにか成功している。ただ、レイナスはどうだろう。あれがアルビスだったということは、パートナーの少女との深い関係性をにおわせる。その事実に彼女が耐えられたかどうか……。

予感どおり、あれ以来レイナスと会うことは二度となかった。それでもやはり、私はいまだに彼女にシンパシーを感じている。たとえ待つ者と待たれる者の違いがあったとしても、時空に翻弄される心の痛みは、やっぱり同じだと思うから。

「何考えてるの？」とイオが言う。

「別に何も」と私は答える。

青年になったイオが、壁際のボールを足ですくい上げる。リフティングは二回で失敗。ダーク・エイジと戦い続けてきたのに、弱い重力下では、ボールの扱いすらままならない。

「謝らないといけないことがある」とイオが言った。「あれで最後って言ったけど、僕はまた奈落に下りる。だから――」

「見つけたのね」

何度かボールをバウンドさせて、イオは頷いた。

そんな気がしていた。イオがピンクロン・ノーマン号のために予定深度を越えたとは思っていなかった。あれは副次的に出現したアクシデントだ。そんな危険を冒すとしたら、〈門《ゲート》〉が現れたか、もしくは――。

「パメラ人たちの移民船団を見つけた」とイオが呟いた。「ディフレクターを取り出した船だよ。まだ何隻も沈んでた気がする」

「大虐殺《ジェノサイド》……ほんとだったんだね」

イオが曖昧に頷く。「まだ確証はない。でも、それを確かめるために、行かなきゃならない。他のアクセラレーターの協力も必要だ」

「まさか、船を引き上げるつもり？」

「いまはまだ無理。でも、いつか……。それには協力者を募らないと。連邦には知らせてない。邪魔が入ると困るからね」

移民船をダーク・エイジから引き離すとなると、新たな技術革新がないと始まらない。それに、多量の情報を処理するとなると、何人のパメラ人が必要となることか。どう役割分担するのかとか……。問題は山積みだ。

「だから、ダーク・エイジから離れられない。……選択肢は君にある。もし重力から離れた自由な暮らしをしたいなら――」

「わかってるでしょ」私は笑った。「私の答えはとっくに知ってるはず」

ダーク・エイジは今日も空の中心にあって、私たちの希望と畏れを、ほんの微かな放射として吐き出し続けている。

答えを探すのは簡単ではない。事象の地平面は近づく者の想念をまとうことで、自らの秘密を強固に守っている。

誰の仕業か見当もつかない。でも、あの巨大な時空のうねりを目にするたびに私が思うのは、人類の行く末ではなく、あそこで失った自分の半身のことだ。荒れ狂う放射の中で、いまも十番目の太陽を射落とそうと目を眇めているのではないかと。またあそこへ下りていけば再会できるのではないかと、そんな埒《らち》もないことを考えてしまうのだ。

イオは「せっかく自由になれたのに」と呆れたけれど、私はやはり、いったん故郷に戻ることにした。ヒルギスでもう一度、射手《アーチャー》になるための試練を受けるつもりだ。

長年一緒にいた存在がいなくなってしまって、不思議と寂しい思いをしている。それに、イオが今度ダーク・エイジに潜るとき、私以外の誰が、彼を守ってやれるというのか。


すべてはあの夜、ヒルギスの砂漠の上に広がる、満天の星を見上げたときから始まった。あのときには想像さえできなかったものが、星々の向こうに広がっていることを、いまの私は知っている。

それは、時間だった。徹底的に人々を別《わか》とうとする、膨大な時間だ。

この宇宙は、私たちが一緒に生きていくにはあまりにも広すぎる。距離は時間と絡み合い、近づこうとすれば、時間が私たちを遠ざけてしまう。だから、ほんの一瞬の邂逅を果たせた人たちを、ずっと大切に思いながら生きていたい。

私を育ててくれたヒルギスの人々。父さまや母さま、祖父さまや同じ集落の悪ガキたち。挨拶もなしに旅立ってしまったトリッシュやスグル。いまはもう会えないドクター・アティエノやレイナス。そして、あのアルビスだって、出会えたことに何か意味があったのだと信じたい。

トード号は一路、惑星カントアイネを目指している。隣の座席ではイオが長い睫毛を揺らしながら寝息をたてている。

何の夢を見ているのだろう。パメラ人は眠っているときでも、長大な時間を感じているのだろうか。そしてイオが見るその長い夢の中で、私はいったいどこに存在しているんだろう。

惑星カントアイネが近づいてくる。太陽の光になでられたヒルギスの砂漠が、紫から黄金へ色を変えていくのが見える。

「間もなく目的地」と、ミス・トードがモニターランプを点滅させる。

タイミングよくイオが、大きなあくびをしながら目を覚ました。それから、いつもの悪戯っぽい笑みを私に向けると、船窓のカントアイネを見て感嘆の声を上げた。

誰かが言っていた。高重力や亜光速で生きる人は普通、同業者をパートナーに選ぶと。イオに復活させられてから、あれが誰の言葉だったのか、だんだん怪しくなってきている。

もしかすると、私は一杯食わされているのかもしれない。でも、騙されるのもそれほど悪くないものだと、イオの横顔を見るたび、そう思う。

参考文献

『ブラックホールと時空の歪み　アインシュタインのとんでもない遺産』キップ・S・ソーン／林一、塚原周信訳／白揚社
『ブラックホール戦争　スティーヴン・ホーキングとの20年越しの闘い』レオナルド・サスキンド／林田陽子訳／日経BP社
『カラー図解でわかるブラックホール宇宙　なんでも底なしに吸い込むのは本当か？　死んだ天体というのは事実か？』福江純／サイエンス・アイ新書
『脳のなかの幽霊』V・S・ラマチャンドラン、サンドラ・ブレイクスリー／山下篤子訳／角川文庫
『右脳と左脳を見つけた男　認知神経科学の父、脳と人生を語る』マイケル・S・ガザニガ／小野木明恵訳／青土社
『心は量子で語れるか　21世紀物理の進むべき道をさぐる』ロジャー・ペンローズ／中村和幸訳／講談社ブルーバックス

第十一回ハヤカワＳＦコンテスト選評

ハヤカワＳＦコンテストは、今後のＳＦ界を担う新たな才能を発掘するための新人賞です。中篇から長篇までを対象とし、長さにかかわらずもっともすぐれた作品に大賞を与えます。

二〇二三年八月十八日、最終選考会が、東浩紀氏、小川一水氏、神林長平氏、菅浩江氏、および小社編集部・塩澤快浩の五名により行なわれ、討議の結果、矢野《やの》アロウ氏の『ホライズン・ガール～地平の少女～』が大賞に、間《ま》宮《みや》改《かい》衣《い》氏の『ここはすべての夜明けまえ』が特別賞にそれぞれ決定いたしました。

大賞受賞作には賞牌、副賞百万円が贈られ、受賞作は日本国内では小社より単行本及び電子書籍で刊行いたします。

大賞受賞作

『ホライズン・ガール～地平の少女～』矢野アロウ

（刊行時に『ホライズン・ゲート　事象の狩人』に改題）

特別賞受賞作

『ここはすべての夜明けまえ』間宮改衣

最終候補作

『アポロ・チルドレン』ナイン
『ＮＯＲＴＨＥＲＮ　ＬＩＧＨＴＳ　ＨＯＴＥＬ』山下新
『新世界まであと何歩』はにかみいちご
『リ・エングラム』江島周

選評

東 浩紀

前回に続き、またもや困った報告をしなければならない。今回の大賞は矢野アロウの『ホライズン・ガール〜地平の少女〜』。受賞に異議はない。けれども最初の採点で筆者は最低点をつけた。最高点を入れたのは間宮改衣の『ここはすべての夜明けまえ』で、こちらは特別賞になった。

最低点の作品が他の選考委員の評価を受けて大賞に輝き、逆に最高点の作品は厳しい評価を受け特別賞にとどまる、というのは昨年も全く同じ展開だった。歴史ある賞の選考委員に相応しくないのではないかと疑念に囚われている。筆者には今のSFは読めないのかもしれない。このような発言は無責任かもしれないが、あとは編集部が判断するだろう。

というわけで、以下の選評はあくまでも「少数派」の意見として読んでほしい。まずは『ホライズン・ガール』。遠未来の遠宇宙を舞台にしたガール・ミーツ・ボーイの物語。

ブラックホールを使った大仕掛けや種族を超えた恋愛の切なさは魅力的だが、肝心の「パメラ人」の設定に難を感じた。脳が前後に分離し過去と未来が等価な時間感覚をもつという設定だが、そんな人間と恋が成立するだろうか。この例に象徴されるように、超技術によるポストヒューマンな設定とあまりにも人間的な物語がバランスを欠いているように見えて、筆者は評価できなかった。

とはいえ、隠された過去の暴露、重力井戸を利用したアクション、そして主人公二人の恋愛が交錯する後半の展開は物語として力強く、今回の候補作のなかでもっともエンタメとして完成度が高かったのはまちがいない。その理由で大賞受賞には反対しなかった。次回作に期待したい。

つぎに『ここはすべての夜明けまえ』。父親に虐待を受けていた女性が機械の身体を手に入れ、性と暴力から解放されたと信じるが、現実には甥《おい》の少年に類似した支配欲を向けてしまい、最後にそれを後悔するという物語。その話が二十二世紀、気候変動が進み、人類が脱出を始めた地球にひとり残る決意をした老女の「家族史」として語られる。

小説としては多くの欠陥がある。機械の身体がどのようなスペックなのか、気候はどう変わったのか、脱出先の星はどこにあるのか、設定は曖昧で雰囲気だけが語られる。登場人物もほぼ主人公の家族しか出てこない。物語のスケールは小さく、エンタメを期待すると失望する。選考会ではその点で厳しい意見が出た。

にもかかわらず筆者が最高点をつけたのは、本作がジェンダーや性暴力の問題に正面から向かい合った作品であり、今回の候補作のなかでもっとも心に響いたからである。主人公は最後、技術的手段による幸福の実現を拒否し、ひとり記憶の苦痛に向かい合うことを選ぶ。その結論に筆者はある種の倫理を感じ、またこの物語はなんらかのかたちで作者自身の経験の切実な反映ではないかとも考えた（的外れな推測かもしれないが）。次回作はSFでないかもしれないが、きっと作者はまた文学に戻ってくるだろう。そのような期待を込めて特別賞に推した。

残り四作については短く。はにかみいちご『新世界まであと何歩』は力作。妊娠出産が機械化され制度化された未来をめぐる四つの短篇連作。構成もいいしテーマも意欲的。生殖医療の記述も詳細で高評価を与えたかったが、通底する親子観や出生観がいささか保守的で（少なくともそう筆者には理解されて）推せなかった。虚構とはいえ題材は現実と連続している。もう少し幅広い読者を想定し繊細な記述を心がけてほしかった。

江島周『リ・エングラム』も同じく力作。沖縄独立をめぐる国際諜報劇。そこに集団記憶を統合し歴史を再現するという新技術をめぐるミステリが加わる。意欲的な作品ではあるが、政治的な設定や主張が乱暴で推せなかった。沖縄をめぐる状況は素材として雑に扱えるものではないし、中国の領土的野心をめぐる記述も危うい。『新世界まであと何歩』と同じ不満になるが、多様な読者がいることを想像してほしいと思った。

ナイン『アポロ・チルドレン』も力作ではある。しかし詰め込みすぎで評価できない。AI技術による作曲の変容、ハリウッド映画制作の裏側、さらには劇中劇まで組み込んだ物語が複数同時に展開し、おまけに作中に登場する楽曲の楽譜まで添付される。その構成には驚いたが自己満足を超えていない。AIに音楽の魅力を理解させるために人類史を反復させるというアイデアも、壮大なわりには未消化で終わっている。本来ならこれだけで長篇ひとつ書けるだろう。

山下新『NORTHERN LIGHTS HOTEL』は、特殊な時間歪曲設定を使った密室殺人の解明が興味深い。楽しく読み進めることができたが、それ以上のものではなかった。二十世紀最後の年という舞台、三十年前の昭和天皇暗殺といった設定も活かしきれていない。全体に雰囲気で終始した印象。

選評

小川一水

応募番号順の一作目、ナイン『アポロ・チルドレン』。AIロボットと少女が冒険するSF映画が構想される中、近未来の映画音楽産業に携わる人々が製作に奔走する。情熱的に技術を楽しむ話で、どの場面も溌溂としており、読んでいて楽しかった。文章はやや説明調でこなれていなかったが（特に作中映画の描写場面は、説明書きで済ませずちゃんと台詞もつけて読者に向けて「上映」するべき）、四つのパートを並行させる構造に破綻はなく、きちんと立派に仕上がった印象。AIの飛躍的発展を通じて世界が変わり、人物らが新たな人生に踏み出す展開もよかった。選考会開始時点ではこれを大賞に推していた。

二作目、江島周『リ・エングラム』。近未来、他人の記憶を脳から脳へ読みだして過去に遡る技術を縦糸とし、緊迫する中国と沖縄情勢にまつわる陰謀を追う。作者は三年連続で最終選考にたどり着いており、年々著しく筆力が上がっている。荒廃が始まりかけた近未来日本のイヤな社会情勢は、そうなってほしくはないが説得力は感じた。ただ、物語のオチが「多分なんとかなる」程度の弱さで、イヤ情勢全体を解決するわけでもなかったのが残念。

三作目、はにかみいちご『新世界まであと何歩』。進歩した妊娠操作技術によるさまざまな出産の光景を、四世代に渡って追う。機械子宮での着床出産や行政不正による親なし出産、男性妊娠と社会妊娠の衝突など、挑戦的な題材を扱ったとは思う。しかしその切り口やプロセスにおいて、露悪と不幸への偏りが見えるのが馴染めなかった。そしてラストでは母体妊娠への懐旧とも離別とも取れる一言が置かれ、後味は悪い。これも避け得ざる不幸な未来の話なのか？　それみんなが読みたがると思う？

四作目、間宮改衣『ここはすべての夜明けまえ』。まずこの人は科学についてあまり関心がない。語り手本人が「融合手術」によって機械化するのだが、その手術の説明はない。また東北のある町から唐突に恒星間ロケットが飛ぶ。そのあたりへの呑み込めなさを感じさせつつも、ひたすら主人公の語りで話を引きずっていく力がある。父親から生暖かい支配を受けてきた少女が、不死になるとともにまた別の相手に対して自分がされたことをする。その流れの中での疎外と理解を訥々《とつとつ》と読者に染みこませる。

「そりゃそうだよな」が出てしまう話。

五作目、矢野アロウ『ホライズン・ガール〜地平の少女〜』。他の作品とは違って地球をはるかに離れた。超大規模ブラックホールの事象の地平面付近を上下しながら調査と護衛を行う女と少年。何のために何をやっているのかが終始わかりづらいが、消えた先文明の艦隊を探している。要は潜水鐘を用いた海でのサルベージの宇宙版だということか。脳の半分を狙撃人格と共有する人種や未来視を可能とする種族が登場し、またウラシマ効果による年単位の時間のずれを通常業務として片づける、ブラックホール周辺での特異な暮らしの様相がうまく描かれている。おぼろげに現れる謎の影の正体を解き明かし、人類の来歴との結び付きまで匂わせる匙加減がうまい。

六作目、山下新『NORTHERN LIGHTS HOTEL』。ホテルという商売には毎日の宿泊権の売れ残りが付きまとう。そこで作者は過去の好きな日の部屋に宿泊できるという不思議な時間旅行ホテルを生み出した。着眼点は面白く、楽しんで読めた。しかしある日のすべての部屋の窓を買い占めた客とか、あるいは逆に一部屋にあらゆる時代から数千人の客がやってくるなど、無理なシーンを思いつきで出してくることがままあり、納得できず首をひねった。それに本筋であるホテル前殺人事件の顛末も簡単に終わってしまい、物足りなかった。

今回のコンテストは力作なのに一番に据えづらい作品が並んでしまい、悩まされた。小川は当初『アポロ・チルドレン』を推していたが、選考会ではこの作品内でのAIの進歩について無視できないこじつけがある——明らかに人為的に方向づけを行っているのに自発的に進化したと述べられている——ことが指摘され、しかもそれが作品のキモの部分だったので、配点を変えざるを得なかった。他の作品も長所と短所が拮抗して押し引きがつづいた。選考が四時間にも及んだのはこのためである。

最終的に、イマジネーションの大きさと見たことのない景色の巧みな描き方、うなずける説得力、次作への期待、それに個人的な「読者としてこれに金払って読みたいか？」感などから、一作を大賞、一作を特別賞とした。

選評

神林長平

いつも総評で書いているように、既存のSFを超える作品に出会いたい。今回は残念ながらSFをアップデートしていく力を感じさせるものはなかった。だが、ひとつだけ、もしかしたら、と思わせる異色作があった。

『ここはすべての夜明けまえ』だ。終末SFという状況で語られる家族譚。ひらがなが多用されていてひどく読みにくいのだが、いつしか引き込まれた。主人公の、語らずにはいられないという気持ちが伝わってくるからだ。それは同時に作者の、書かずにはいられないという熱意でもあるだろう。ひらがなの多用は、その心中を直截に表現する文芸手法になっている。文字を記すのももどかしい、だからひらがなで、と思わせるのだ。作者がそれを意図しているのかどうかはわからないが（このひらがな多用については作中で、主人公の身体では画数の多い漢字を書くのが面倒だからという理由が書かれている）、内容と表現手法が見事に一致している作品として高く評価した。小説の書き方にはまだ可能性があると気づかされる。内容としても、現代のミニマリズム小説として位置づければ、新鮮だ。そう評価しつつ、しかしSFとしては弱いと思って高い点数は付けなかった。が、選考会の議論を経て、旧態依然としたSF観を刷新していく作品になればいいと思い、推した。期待の度合いは大賞と遜色ない。

『ホライズン・ガール～地平の少女～』は、まず文章の、描写部分に詩的な表現があって、そこに惹かれた。美しい。物語としてはロマンチックな少女像を描いているようだと、ぼく自身が苦手な物語を連想しつつ読み始めたが、ちゃんとした自立した大人の話になっていて、よかった。主人公は、ラストでは自分の意思で愛する者の守護神になるべく人生を生き直すことを決意する。これには素直に感動した。物語の中心を担う、自分の心の中の恐怖が現実像になって現れるといったアイデアは既存のSFを連想させてオリジナリティの面で弱いということから最高点は付けなかったが、文体や表現力など総合点で、大賞授与に異存はない。

『アポロ・チルドレン』は、ラストまで面白く読めたが、感動はない。劇音楽を主題にするなら、それが登場人物らの人生を劇的に変えてしまうという物語になるはずだが、そうなっていないからだ。すべてが予定調和で、まるでＡＩに書かせたかのようだ。ＡＩには新しい価値観を生む力はない、人がいてこそのＡＩだということは読み取れたが、それがこの作品の主題ならば他に書きようがある。

『ＮＯＲＴＨＥＲＮ　ＬＩＧＨＴＳ　ＨＯＴＥＬ』はＳＦ上の理屈が設定されていないためファンタジーとして読み進めたが、この物語世界の実在感のなさはファンタジーともいえない。作者が書きたい範囲に限定された設定で、そこから一歩でたところを読者が想像すると、この物語世界に対する疑問や矛盾点が続出する。本作を推理パズルゲームとして楽しむのならいいのだが、小説としてもＳＦの見地からしても評価できなかった。

『新世界まであと何歩』は、初代夫婦の娘が老人になるまでの三代記の体裁を取っているが、物語としての力強さはない。物語内では、体外人工子宮技術の功罪をさまざまなケースについて登場人物にディベートさせているが、作者の態度も、功と罪のどちら側にも立てるといったものに感じられるので、物語というより疑似ドキュメンタリーとして読んだ。タイトルにあるように、このような世界はやがて来るぞ、そのときわれわれはどう考えたらいいのかということを考えさせる作品として、それもＳＦの役割だと思って当初は評価したが、選考会での数々の批判、とりわけ、この話を読んで傷つく読者の批判に耐える力は、この作品にはないと判断した。物語としての強度が脆弱だ、ということである。

『リ・エングラム』は、ラストでケリが付かないのでカタルシスがない。記憶者の脳内パターンの鋳型を取って、そこから記憶を引き出すというアイデアはいいとしても、多くの人間の記憶が一致するところ、それが「真実」だ、犯罪の立証もそれでできるし、証拠にもなる、という主人公たちの主張には賛同できない。これはようするに、われわれにとって真実とは多数決で決まるということで、主人公らの立場とも矛盾する。作者はおそらくそこまで突っ込んだ思索はしていない。もし考え抜いていれば、ラストで巨悪に逃げられずにすんだだろう。逃がしてしまうのは作者の責任だ。作者の関心はこんな思索云々はどうでもよく、暗躍する謎の組織どうしのバトルにあり、それはそれでいいのだが、種々の設定が安易すぎる。書くことと書かれたものの意味について、熟考されたい。

選評　菅 浩江

文学は、表現の自由に支えられています。なので、どのような思想であっても籠めることが可能です。今回、現実の国家を悪として描いたり、人の命に関わる重要な問題を主義主張の後押しとして扱ったりする作品が複数ありました。万人に喜ばれる安全な作品を書くのは不可能です。しかし、なるべく多くの人が不快感なく読めるものを見せていただきたいし、自分の名前で小説を発信する責任を考えていただきたい、と強く思いました。

また、やはり複数の作品で時間の行き来が書かれていました。代表的なSF設定です。ただ、時間モノを書かれる場合は、これでもか、というぐらいに読者に時間軸を伝える努力をしてほしいです。

『リ・エングラム』書き慣れた感じを受けました。話を動かそうとする努力もあります。それが裏目に出て、情報も人物もテーマも多すぎてバタバタした活劇部分のみが印象に残りました。ノワールな雰囲気を出すのに気を取られたのか、設定にも筋回しにもいろいろ疑問点があります。また、実在の国家は不用意に出すべきではないと考えます。

『アポロ・チルドレン』小説原稿のほかに、譜面が送られてきました。小説の賞で自己メディアミックスを展開する意味がないように思います。小説ですから文字で音を感じさせてもらいたかった。なぜわざわざ楽譜を、と考え、音として読み解いた先になにか見えてきたらと期待したのですが、私には意図が読めませんでした。添付された二曲はテンポも曲調も似ていて、アルペジエイターを使ったかのように単調で、こちらがAIのものかと思ったほどでした。フルオーケストラ譜として足りない要素も多々あります。小説的には、基本構造はきちんとできているのに、危機が起きるときにはほとんどがアクシデントで、ちゃんと伏線を張った必然的な危機ならいいのに、と残念に思いました。

『新世界まであと何歩』個人的に容認できない部分があり、他の選考委員の方々にご相談しました。受精段階からすべてを体外に委ねるというのがテーマ。それを世代にまたがったクロニクルとしたのも、世論が変わっていくさまが表れていてうまいと思いました。宗教とからめるのもよかったです。しかし人工出産の是非両面を書き切れているとは思いません。あれはどうなる、こんなケースはどうする、と、懸念ばかりが湧き上がりました。肝心の義胎というガジェットも、栄養を送り込むまでが現代科学で説明されていてSF味に乏しかった。絨毛間腔での代謝がどうなっているか知りたかったです。全体的に現存の名称が多く使われて古い感じがしますし、会話の応酬であれもこれも説明しようとしています。

『ここはすべての夜明けまえ』他の選考委員の方々と、一番評価が異なった作品でした。一人称饒舌体ともいえる文章で、しかも時系列が混乱していて、読むのが苦しかったです。覚えていたい、地球に残る、というラストは、もう少し伏線がないとひとりよがりに見えてしまいます。選考途中で気付かせてもらえたのは、この「昏い思考のとめどない吐露」を経験したかしていないかで評価が変わってしまう、ということでした。私は自分の中に似たようなものがあるゆえに、新味を感じられず厳しい点をつけましたが、この経験がない方々にとってはとても興味深い作品であるとのことで、みなさんのご意見に従いました。

『NORTHERN LIGHTS HOTEL』私は二番目に高い点を入れました。白鯨と呼ばれる伝説の娼婦の過去と現在、窓から見下ろすたくさんのお父さんとクリスマスツリー、など、ピンポイントの情緒がとてもとても好ましかったのです。けれど、グランドホテル形式、時間モノ、ミステリ、これを同時にきちんと書ける人は少なく、この作品も成功しているとは言えません。書きぶりからすると作者はちゃんと計算できているはずなので、あと一押しの説明がたりないように感じました。大きな結末もちゃんと用意してあったので、ほんとうに惜しい。情緒のあるいい話が書けるのは胸を張るべき才能です。今後に期待しています。

『ホライズン・ガール～地平の少女～』最高点を入れ、受賞も決まり、晴れやかな気持ちでいます。矢野さん、おめでとうございます。ラブロマンスで、ハードSFで、脳科学で、と、私の好きなものがたくさん入っていました。脳が前後に分離しているという大嘘とそう設定した根拠さえ容認できれば、微細管やブラックホールに関する説明なども作品の雰囲気を底支えできていて、私のレベルでは、技術や用語の瑕疵も見つけられませんでした。ラブロマンスといっても甘いだけではなく、最後まで主人公がちゃんと自立している点も素晴らしかったです。読者の皆様は、どうか刊行をお楽しみに。

選評　塩澤快浩（小社編集部）

これまでの十一回の中で、最終候補作のレベルは最も高く、個人的にはほぼすべての作品が優秀賞以上に値すると考えた。それゆえに、各選考委員の考え方や嗜好の差が露わになったのだと考える。

『NORTHERN LIGHTS HOTEL』は4評価。時間ホテルの設定が、この物語を成立させるためだけの恣意的なものに感じられ、構成や展開に無理があった。他の五作より一段落ちると判断した。

ほかの五作はすべて5評価。

『アポロ・チルドレン』は、エンタメとしての総合点が高かった。CGが廃れた後の映画製作を、映像／音楽／作中のSF脚本の三つの側面から、技術を裏付けにして巧みに描いた。唯一、結末が理知から情緒に流れてしまった点が惜しかった。

『リ・エングラム』は、同著者のこれまでの最終候補二作と比べて、テーマや展開のバランスが抜群で、格段の出来の良さだった。ラストの締め方も個人的には弱いと思わない。唯一、国際政治的な題材が商業出版になじまない点が惜しかった。

『新世界まであと何歩』は、人工子宮技術をめぐる夫婦関係、親子関係をきめ細かい筆致で描いたドラマとして、受賞に値すると考えた。深い人間洞察に基づく表現に、時折りハッとさせられた。唯一、生殖をめぐる生硬な議論が続く点が惜しかった。

大賞に決まった『ホライズン・ガール～地平の少女～』は、小林泰三「海を見る人」のスペースオペラ版ともいえるアイデアの豊富さと、後半の意外な展開の連打が素晴らしかった。唯一、時間の経過をテーマにしながら、過去と現在が不用意に混在する前半の構成が残念だった。

特別賞の『ここはすべての夜明けまえ』は、文芸としての端正さと真摯さに圧倒された。ただ、なぜか漂う「物足りなさ」がSFとしての弱さなのか、私の読み手としての感性の鈍さなのか、最後まで判断がつかなかった。読者にゆだねたい。

第12回 ハヤカワSFコンテスト

募集開始のお知らせ

早川書房はつねにＳＦのジャンルをリードし、21 世紀に入っても、伊藤計劃、円城塔、冲方丁、小川一水など新世代の作家を陸続と紹介し、高い評価を得てきました。いまやその活動は日本国内にとどまらず、日本ＳＦの世界への紹介、さまざまなメディアミックス展開を「ハヤカワ SF Project」として推し進めています。

そのプロジェクトの一環として、世界に通用する新たな才能の発掘と、その作品の全世界への発信を目的とした新人賞が「ハヤカワＳＦコンテスト」です。

中篇から長篇までを対象とし、長さに関わらずもっとも優れた作品に大賞を与え、受賞作品は、日本国内では小社より単行本及び電子書籍で刊行するとともに、英語、中国語に翻訳し、世界へ向けた電子配信をします。

さらに、趣旨に賛同する企業の協力を得て、映画、ゲーム、アニメーションなど多角的なメディアミックス展開を目指します。

たくさんのご応募をお待ちしております。

主催　株式会社早川書房

選考委員（五十音順・敬称略）

東 浩紀（批評家）、**小川一水**（作家）、**神林長平**（作家）、**菅 浩江**（作家）
塩澤快浩（早川書房編集部）

募集要項

●対象　広義のＳＦ。自作未発表の小説（日本語で書かれたもの）。
※ウェブ上で発表した小説、同人誌などごく少部数の媒体で発表した小説の応募も可。ただし改稿を加えた上で応募し、選考期間中はウェブ上で閲覧できない状態にすること。自費出版で刊行した作品の応募は不可。
●応募資格　不問
●枚数　400字詰原稿用紙換算 100～800枚程度（5枚以内の梗概を添付）
●原稿規定　原稿は縦書き。原稿右側をダブルクリップで綴じ、通し番号をふる。ワープロ原稿の場合は A4用紙に 40字×30行で印字する。手書きの場合はボールペン／万年筆を使用のこと（鉛筆書きは不可）。生成 AIなどの利用も可能だが、使用によって発生する責任はすべて応募者本人が負うものとする。応募原稿、梗概に加えて、作品タイトル、住所、氏名（ペンネーム使用のときはかならず本名を併記し、本名・ペンネームともにふりがなを振ること）、年齢、職業（学校名、学年）、電話番号、メールアドレスを明記した応募者情報を添付すること。商業出版の経歴がある場合は、応募時のペンネームと別名義であっても応募者情報に必ず刊行歴を明記する。
●応募先 〒101-0046　東京都千代田区神田多町 2-2　株式会社早川書房「ハヤカワ SFコンテスト」係
●締切　2024年 3月 31日（当日消印有効）
●発表　2024年 5月に評論家による一次選考、6月に早川書房編集部による二次選考を経て、8月に最終選考会を行なう。結果はそれぞれ、小社ホームページ、早川書房「SFマガジン」「ミステリマガジン」で発表。
●賞　正賞／賞牌、副賞／100万円
●贈賞イベント　2024年 11月開催予定
●出版　大賞は、長篇の場合は小社より単行本として刊行、中篇の場合は SFマガジンに掲載したのち、他の作品も加えて単行本として刊行する。
●諸権利　受賞作および次々作までの出版権、ならびに雑誌掲載権は早川書房に帰属し、出版に際しては規定の使用料が支払われる。文庫化および電子書籍の優先権は主催者が有する。テレビドラマ化、映画・ビデオ化等の映像化権、その他二次的利用に関する権利は早川書房に帰属し、本賞の協力企業に１年間の優先権が与えられる。

＊応募原稿は返却いたしません。必要な方はコピーをお取り下さい。
＊他の文学賞と重複して投稿した作品は失格といたします。
＊応募原稿や審査に関するお問い合わせには応じられません。
＊ご応募いただきました書類等の個人情報は、他の目的には使用いたしません。

問合せ先

〒101-0046　東京都千代田区神田多町 2-2
（株）早川書房内　ハヤカワＳＦコンテスト実行委員会事務局
TEL：03-3252-3111（大代表）／FAX：03-3252-3115／Email：sfcontest@hayakawa-online.co.jp

本書は、第十一回ハヤカワSFコンテスト大賞受賞作『ホライズン・ガール～地平の少女～』を、単行本化にあたり改題し、加筆修正したものです。

ホライズン・ゲート　事象《じしょう》の狩人《かりうど》

二〇二三年十二月　二十日　印刷
二〇二三年十二月二十五日　発行

著　者　矢野《やの》アロウ

発行者　早　川　浩

発行所　株式会社　早　川　書　房

郵便番号　一〇一 - 〇〇四六
東京都千代田区神田多町二ノ二
電話　〇三 - 三二五二 - 三一一一
振替　〇〇一六〇 - 三 - 四七七九九
https://www.hayakawa-online.co.jp

定価はカバーに表示してあります

印刷・精文堂印刷株式会社　製本・大口製本印刷株式会社

ISBN978-4-15-210297-3 C0093

乱丁・落丁本は小社制作部宛お送り下さい。
送料小社負担にてお取りかえいたします。